倪湛舸

著

安息吧动物

倪湛舸诗选

上海三联书店

雅众文化 出品

天冷的时候，我画长满牙的潮水

画颅骨和胯骨之间的紫罗兰

用分叉的舌尖舔眼帘底下的蜜

爱自己一事无成的迷人

鸟群远去后的海滩像我的脸颊那样冰凉

世界尽管崩塌吧，只有裙子变得更白

嘴里含花的叛逆都已死去

戴猴子面具的宾客永远不会到来

我觉得我已经烧光了像落山的太阳

天黑后世界清澈如冰窖，为肉眼所不能惊扰

目录

天冷的时候，我画长满牙的潮水

画颅骨和胯骨之间的紫罗兰

用分叉的舌尖舔眼帘底下的蜜

爱自己一事无成的迷人

鸟群远去后的海滩像我的脸颊那样冰凉

戴猴子面具的宾客永远不会到来

我觉得我已经烧光了像落山的太阳

天黑后世界清澈如冰窖，为肉眼所不能惊扰

天冷的时候，我画长满牙的潮水

双 栖

我的耳朵是一对花瓶，深埋在身子里，
插满了受惊的靛蓝、深紫和金黄。
我穿过午夜的长廊，像一支就要熄灭的焰火，
在你的手上。可你还说冷，你咬着我的耳朵，
像要吹开杯沿上那些倏忽生灭的气泡，
去探望幽闭内壁上的倒影，你自己的脸庞。

我们还能做什么？就这样守着彼此，
守着两根绳子打成的死结；双手下垂，
再也不做任何抵抗：像雨进入湖，或土，
像旧衣裳从椅背上滑下，当屋里堆满空的画框。
"天冷的时候，我画潮水……"你说，
"睡眠里的潮水是一张嘴，长满尖利的牙。"

瓦砾和灰从天花板上坍塌。你还在睡。
经过了那么多年，你变得虚弱，像一丝细水，
却再也不能，不能灌进被污垢堵塞的瓶。
我们深重地驼着背，当潮水又一次涨起，
我们如此深重地渴望屈服，像墙上被敲弯的钉子，
为了悬挂一幅画，多可怕，那里的美与和谐。

宴 饮

就是这样的夏天：叶片飞旋，缀满水星的
发梢掠过赤裸的肩，突如其来的钟声里，
脚趾间枯死的花瓣卷成细丝，来自路边的墓园。

看，钟声揉皱雨帘，模糊了那些年轻的脸。
他们抱着空的酒瓶和花盆，湿漉漉的身子向彼此流淌，
接吻时，偷偷交换舌尖上透明的银蛇。

这短暂的夏天，总也没有尽头的画卷，
把你藏在哪里才有我的平安？如果我吹灭自己，
你可是那黑暗中永不逃逸的光，哪怕我再也看不见？

午后

百叶窗在风里啪啪作响，木地板上的光斑
刚攀着脚踝，就着急滑下——练习曲匆忙结束，
打哈欠的孩子出现在水池前，洗一串紫红的葡萄。

那时候的水多暖和，薄天鹅绒里裹着看不见
更数不清的小手，它们不会抛下我，就像细软的枝叶
等待归巢的鸟。是的，我应该梦见一只鸟，

而不是陷在雪里的靴子——哪个更害人不安，
我已不愿再想。午后的太阳滑过水色碧空，太匆匆，
找不到了，来来往往的脚下，那枚滚落的葡萄。

回旋曲

在蒲宁的小说里读到费特的诗，"去看秋夜的篝火，
记得裹上披肩。"——也许并没有那么遥远，
五月将末，我这里，雷雨后常有人匆匆换回毛衣。

它们踩着同一个韵脚，"芝加哥"和"莫斯科"，
正因为陷入了第三种语言。世上总有地方寒冷异常，
人们却并不因此而挨得更紧，不像那些声音，

月光下的潮汐，身子里的血，隔着整个世界
——这悲伤的空洞——舔彼此的影子。
我不是蒲宁，更不是费特，害怕死亡，却哭不出声来。

湖心岛

一觉醒来，船已经漂走。云，浓得发黑，
压着地平线无声翻滚，头顶的天却还是那么
蓝，像是就要炸开，连鸟都不敢经过。只能蹲下来，

嘴唇抵着膝盖，粘上细砂。我哪儿都不去，
也不渴，只是有点冷。看，水的背上长满了亮闪闪的
刺，一定很疼吧，难怪不停地发抖。可它是哑的，

不像我，会说话、唱歌，甚至大声呼救，
只要张开嘴——唇上砂被吹远，捎走微不足道的光——
好吧，我承认：我已记不起任何人的名字。

流 年

从没想过巷子里的灯会这么亮，亮得
让人低着头也无法忧伤，然后我们同时看见
那只死鸽子，左侧的翅膀几乎完全张开，
洁白的绒毛还没来得及沾染上草屑。
唉，吹起草屑的风叩响我们空空的额头
——就这么结束了，甚至还没来得及记住彼此的名字。

总也忘不了的，是巷子里的灯，那么亮！
简直就是场审判，裁决匆忙，谁都无力辩驳。
海洋动荡不安，星斗和船只一同沉没，
遥远的国度此起彼伏，电车上，有人攥着唯一的
那只手套。他用额头死死抵着肮脏的玻璃
——穿过它就能回去了吧！夏天啊，那年夏天…

即 景

陌生人晾在后院的旧衬衫，飘落在栅栏上，
已经干了。踩着木楼梯拔出瓶塞，瞥见火车
缓慢地拖动它的身子，穿越山峦，消失在远方。
喝完这瓶天就黑了，丧失温度的空气是张
被揉皱的薄纸，蒙住口鼻，让呼吸变得艰难。
——我为什么还留在这里？几乎是屈辱的，

就像这后院，堆满被遗弃的残破家具、
还没来得及清理的垃圾。夏天时疯长的野草
潮水般退去，它们如此任性！而我无能为力，
肩上越来越重的只有星光和霜。请原谅我
已经不再有信心。多空旷啊，这拥挤的人世
——那轻轻挥舞的，是栅栏上没有手臂的衣袖。

邂逅

他竭力留下痕迹，那些水纹里渐渐模糊的脚印。
更疲惫的却是这海。呜咽声从不知名的远方而来，
被他拢在掌心，就像是旅人沉沉睡去，
把身子托付给陌生的床。再也，再也不要
醒来，就在这里，在这水凝结成沙石的夜晚，
曾经动荡的一切收紧它们自己，整个海洋结束在他

眼前。他收藏的钟表全都停在曾经的
某个时刻；他受伤的左腿再也不会有知觉；
他尝试过发疯，唾弃施舍的爱，因为那不够多；
他穿过树林，面对海，面对那场无可挽回的失败，
心中终于生出甜蜜——没有人孤单，我们
都睡在一起，手指纠缠，就连太阳都不再升起。

十 月

沉沉睡去的不是叶子，是一群小孩；
脸颊紧贴着水面，他们倾听池底深藏的回音
——那是谁的心跳？手指厌倦了叩问，
琴键渐趋平静，可窗帘迟迟不愿撤下她
薄而透明的怀抱，她身上绣满苹果花和雨点
——那样的风景已不复存在，池塘里害人晕眩的

碎光被耐心地采摘，就像是玻璃屑
告别伤口。我的左腿柔软如枝条，却没有
叶子可以抖落。长椅上叠放着伞和围巾，雨啊雨，
总也不来，直到两鬓斑白的过路人哼起旧歌谣，
他嗅着从不曾存在的苹果花。听——
那雨点，那心跳，那难以容忍的欢欣和忧愁！

梦 游

我的脚里曾经有个活生生的东西，天亮时，
它死了，我还在走，就像是没有光的灯笼在地上滚动。
都暗下去了，夜色里虚妄的断片——雷点燃树丛，

雨水剥开死死相拥的花瓣，软腻的污泥从脚趾间吹起气泡
——我不愿醒来，哪怕双手颤抖，指甲发紫，
那东西还活着，它完全无心寻找出路，就这样多好，

多好。可天亮时生活才开始，无论我们如何蒙骗自己。
如果足够幸运，或是有惊人的勇气，也许有人能够
躺在大街上唱歌，凭空高举裸足，抖落还没烧完的叶子。

这可恨的疯女人啊，她妨碍我走路。我如此
小心翼翼地踱步，却只落得两手空空，这只手抓不住日光，
那只手撒土掩埋自己的脚，那里，有东西曾经活过。

探 险

听我说，那里群山逶迤，潭水和涧流全都披挂着
浓得发晕的绿藻，它们早已爬上树梢，又俯身顾盼，
——这群不屑于被惊扰的侍卫守着无底的深洞。

我去过那深处，沿着没有光的缝隙。相信我，
石壁上的起伏如此细微，比母亲的小腹更让人昏昏入睡，
却又那么冷，就像此刻你的缄默！我们之间

早就没了声息，除了窗外零落的雷。这不是我所爱的世界。
如果注定被埋葬，让我回到那里——那里，
细雨渗入地表，汇成空穴里的瀑布，洗涤尘埃

和侵略者——可谁能侵入一场莫须有的谎言，
你又该如何故作怜悯，用指尖上不存在的花瓣湮没我的唇？
当呼吸和妄想一同散尽，如你所愿，留下更深的空洞。

识 味

用舌尖润一下嘴唇，我们开始吧，以野兽的方式
焦躁地彼此摩蹭，舔亮臂弯里的星河，
煨热冻僵的颊，这些苍白的帆散发着苦味沉下去，
沉溺在微弱光芒的深处。

我错了，错了，曾经以为航路的尽头杳无人迹，
比金子更为沉重的风掀动岩石，
刻画出无数拒绝被言说的巨大身影，
它们从高处俯身而来，发丝间

纠结着陨落的流星和熊熊燃烧的丛林——
可是，我们从不曾离开，甚至有太多伙伴：
搁浅的鱼，扎根的灌木，翅膀被烤焦的鸟。
谁不曾挣扎？挣扎者注定丧失勇气，只能别无选择地麇集，

却从不彼此倾诉。嘘，什么都别说，
我只相信舌头，舌头所认识的世界多真切：
刀锋的凉，血痂的咸，还有你，
你的渴望和迟疑鬼魂般滑腻，缠着我的舌根不肯离去。

乡 愁

阳台上可以眺望田野，灌木丛中飞起一群麻雀。
那一刻，我对你说："我竟然感觉不到快乐——
长久等待的尽头，愿望偶尔实现，如同杯子被雨水注满，

我却彻底地空了。"其实，那时的我还不知道，
更漫长的等待始终在等着我们，对此谁都无可奈何。
别回头，不必勉强翘起嘴角，再试着丧失恐惧与悲伤的能力

——只有这样，才能平静地蹲下，翻捡落空的愿望，
它们同落叶一起腐朽，使土层变得肥厚。
大雨总会停息，酷暑转凉，活生生的兔子被做成手套，

叠放在抽屉的最深处。也许，你还在等我回家？
我已经走不动了，在世界尽头能听见阳台上的脚步声吗？
你去独自眺望田野，陌生的灌木丛中飞起陌生的麻雀。

哲学的安慰

我现在什么都不怕，包括妥协，
真的。低头走路，能不说话就不说；
奉承每一个轻视我的人，
热心地回应每一份凉薄。

如果偶遇善良，一定要全身心地投入
这无底深坑，为了尽快得救，
更为了省却更多麻烦。

你知道我的意思，虽然，我不知道你
在哪里。没有消息，
也很少想起，更不必借机
把这首诗献给你。

好些年过去了，你成了一种仪式，
被我执行，被我终止，被我
用来自得其乐。你曾经哭得那么凶，
咬着我的名字像狗啃骨头——

但更多事已经发生，

把某个东西越埋越深。当然，
它自己早就烂得差不多了。

也许我该说"分解"，
更科学、更客观、更有距离感。
（还记得这种句式吗？
——更健康、更快乐、更有制造力——
那时，我们对生活都怕得要死。）

我现在什么都不怕，
连你都不怕。甚至无比衷心地想要你
幸福。当然，
我也会好好的：头顶星空，胸怀道德律。

灵魂不朽

这么多年了，这么多年，
我跑，我跑，我闭着眼睛跑，
逆着发怒的象群跑，扛着十七辆火车跑，
跑进那些可悲的人群，
出于恐惧，他们拿刀子捅身边最亲近的东西：
餐桌上冒油的肉块，冰箱里的冻肉，别人
（偶尔也会是自己）的肉。

我知道，我比谁都更可悲。
我跑，我跑（因为无法抵达，所以不朽），
却还是回到这里。这里，你用膝盖砸墙上的钉子，
你找不到更有骨气的东西。
所有人都在一旁看，
什么都不说，
所有人都比你强壮，他们竭尽全力地抱紧自己。

我跑，我跑，必须离开你，
（难道，这才是为了追求幸福？）
我可以脱光衣服，撕掉脸，撞碎这些年头，
却没法改变……（没法改变我为自己立的法！）

屈辱不能改变什么，

那越陷越深的，终究还是钉子。

这么多年了，这么多年，

我还是回到这里，一切又周而复始。

必然王国

什么都不曾改变，无论等待多久。
说话，却听不见声音；
伸出手，攥紧没有柄的刀刃；
喝水，在浴缸里呕吐，当下水道被脱落的头发塞住。

我哪来那么多头发，都是别人的。
地板上堆满别人的鞋子。
床上，别人的梦里，一朵粉红色的爆炸
结束旧世界，像福音书的一页。

别人的手指敲我，我是一根键，
被关在黑盖子里。时间可以是静止的，
当我们都躺下来，死，逼近不朽。
"雨落在城头的时候"——还记得吗？

那手指想要做出温柔的样子，
就像是雨点落在城头——魏尔伦摘下帽子
——我听见他哭，却再也不等待。
我生锈，被卡住；在拐角处摔倒并微笑。

天 使

我想要好好过日子，像只泄了气的
球，老老实实地缩在墙角。
偶尔，对她说："放过我吧，放过我。
我只要五颗核桃，包在皱巴巴的餐巾纸里。"

可水龙头不停地滴水，家具
一点点浮起来，天花板上掉下大块泥灰。
我去阳台上透气，看见她
坐着飞毯回到这里，她笑得那么甜蜜，
让我难受得，只能转过身去。

"来嘛，来嘛，推开那栏杆……"
她绕着阳台飘飞，像条小手绢，像它小小的召唤。
"这里，"她敞开双臂，想要抱起
满怀的花束或婴儿，"看不见的路通到这里。"

她从不撒谎，她只欺骗自己。
成为天使只需一项抉择：
不去看那张卷着边的旧飞毯，那些木头
一样滚来滚去的人，他们撞痛

彼此，却掉不下去——

我口齿不清，没法分辨"拯救"和"诅咒"，
所以，边摇头，边拿袖子抹
脸上湿乎乎的泥灰。她笑得那么甜蜜；
我肮脏而沮丧，暴躁，却有气无力，
像只泄了气的球，扔都扔不出去：

"给我平静，要不，就给我野心！
别再试图把整个天空塞进一块碎玻璃，
别再把你的脸，往我肉里刻。
实在不行，给我五颗核桃，让我砸，
砸出血，砸成炭，砸断你拥抱空无的手。"

画颅骨和胯骨之间的紫罗兰

我的记忆里，他是热的

我的记忆里，他是热的，
赤裸的手臂所接触的
黑色 T 恤是热的，
太阳落山后他的心跳
仍然是愤怒的，
我什么都不能平息于是被点燃，
冬天来临，他还在骑
漏气的自行车上坡，
我的倒影在漆黑的河面上滑行继而
滑倒，我摔倒了越来越重，
他渐渐没有足够的热熔化我
骨头里的铁钉，
他在没有空气的地方竭尽全力地诅咒，
世界是有裂纹的，渴望着维护
而不是击穿钢板的子弹，
对他的结局我早就有所预料，
他出现并消失，"我的爱人，
我的启示，我偏离命运的努力"。

你是否经历过这样的瞬间

你是否经历过这样的瞬间，

大脑一片空白，就像是粉笔擦刚抚摩过

的黑板，黑漆漆的白，白茫茫的黑，

所有似乎曾有意义的数字，比如

地址、纪念日还有电话号码，

全都化作了粉尘，

你甚至开始怀疑自己的存在，

呼吸的节奏还在，对，呼吸还在，

你见过房客搬走后的公寓里还留着灯，

天黑后才能看见的、努力

填满空房间的灯光也填满了你的瞳孔

你伸手想要抓住人群，人群是多么尖锐的词，

刺穿你的手的钉子还在墙上，

墙上长出了仙人掌，仙人掌正急速地枯萎。

世界微尘里，吾宁爱与憎

我需要很长很长时间的睡眠，
生命的三分之一甚至接近一半，
即便如此，我仍然疲惫不堪，
这其实很容易解释，我的脚时刻都
紧绷着，足弓酸楚，脚趾刺痛，
哪怕在睡梦中我都还在逃跑，
那里有一头浑身漆黑的牛，
有时候是熊，或者戴面具的人，
它们在我身后整齐地踏步，
倒塌的桥梁又在重建，崩溃的世界
不断地重启，举高音喇叭的人
在熙攘的街头提问：天国何时衰亡？
总有那么一天，总有那么一天，
我谁都不怨恨，我只不过是在跌打滚爬地
完成人生，并且承认，比人生更为
艰难的，是鬼魂的漫长漫游、镜中幻境里
水滴石穿、微尘化生万物又复归微尘。

五年后，十五年后

五年后，十五年后，五十年后，
默默消失的那些事物，终将呈现出
它们自己，或者说，它们所留下的空洞，
夜晚开放的紫茉莉在日出后闭合，
被回忆起旋律的片段就像是，
碎瓷回到花瓶回到完整得令人窒息的拥抱，
如果伤口还是潮湿的，你说，
你用干燥的舌头舔着干裂的嘴唇说，
那么总也不能愈合的伤口里，
想必住着一群想要保持原状的事物：
十四岁就已挥霍完人生的少年，
电话那头纸张被撕裂的声音，石板铺就的
路面上车轮滚滚而过而雪簌簌落下。

闭上眼睛才能看到

闭上眼睛才能看到的红，据说是
血的颜色，望着自己的血才能平静下来，
他闭上眼睛，对着电话的那一头喘气，
对着早已离他远去的人，说起
街角的樱桃树，塑料袋里颤巍巍的水和金鱼，
来租房的女人肩上积着厚厚的雪，
他总是这样糊涂，分辨不清或新或旧的
记忆或是某时某刻的幻觉，
他以为自己还活着，活在年轻人
对怪兽和生活的恐惧里，拨通的电话的
那一头，听他说话的少女脸颊白皙手指柔软，
他们曾在太阳落山前，用薄薄的毛毯包裹
彼此紧挨的膝盖，慢慢陷入印在毯子上
的漩涡，那些，边盛开边枯萎的血红花朵。

我有两只箱子

我有两只箱子，我不知
怎样才能拖着它们走下漫长的台阶，
陌生人匆匆经过，他们叹着气、
弯着腰、揉着紧绷的脖颈和肩膀，
去搭乘不知开往何方的地铁或长途车，
我努力地回想曾经坐在身旁的朋友，
想起他把手凑在嘴边呵气的模样，
他向我描述父亲的葬礼上陌生女人
送来的骨灰盒，他说他羡慕父亲却又
痛恨陷入流沙般灿烂的生活，
于是就早早地去死了，与我其他那些朋友
一同悬挂在半空，开完花的苹果树
结出了青得发黑的小苹果，
不会腐烂，也没有人来采摘，
我的箱子里却什么都没有，它们
这么重而世界如此动荡，只有我错过的
那些场葬礼是安静的，只有他曾经
拉起我的手走在冰冻的河流上。

院子里竖起了一架梯子

院子里竖起了一架梯子，
爬上它，我可以去橡树上采摘流苏
形状的花冠，可春天已经过去了，
就像我的朋友们坐着秋千笑着升高
又在撕裂心脏的疼痛中回到原处。
我把梯子搭在阁楼窗口，
天黑后，从窗外望着自己的家，
那里什么都没有，除了白惨惨的落地灯，
并排放着的浴缸和床，床上搭着滴水的浴巾，
堆放在浴缸里的床单揉成一团，
我想要找到自己，可我并不能同时存在于
现实和避难所。梯子是凭空出现的，
它当然能够想消失就消失，
就像我的朋友们逐一告别再也没有
随风传送的细语和啜泣落在摊开的手掌上，
夜色渐深，我想我也该准备远行，
向上或向下的路没什么分别，
云上有泥土，土的深处延展着虚无。

对影成三人

这些年来，我最怕听到的词
是，明白。明白
自己做不到，明白所谓愿望的真谛
是不会被实现，明白强求的人
会活得或者死得很难看。然而又怎样，
你从来不想搞明白别人说的明白，
而她终于明白了任何人为自己的愚蠢
所付出的代价以六年为起点。
我还在同你说话而她是魔法圈外
的现实无非是因为你已经死了，
而她还在努力地把孩子们
拐带来这个没有奇迹的世界。
大多数时间我很不明白，有时候
我沉迷于数你心跳的次数，阴冷的冬天
你更努力地冲着我们紧握的手呵气，
但我也记得她在楼梯拐角处背对落日
所展现的金红色向日葵，她在乳房上用油彩
勾勒了忌妒和愤恨和诅咒的形状。
那时候我们都不明白，我们真的什么
都不明白，因为忙于相爱。

夏天的雨是个好东西

夏天的雨是个好东西，天地之间
忽然垂下了很多很多帷幕，把原本喧嚣
的颜色都调成灰，把温度降低成风
在皮肤上所种植的冷彻，就好像时间
能够片刻停滞，快乐与忧愁忽然变得遥远，
只有疼痛的形状愈发鲜明，颅骨和胯骨之间
的毛发和蒲公英和紫罗兰都高耸着，
镜子里的陌生男女想要告别却被困在屋檐下，
甚至同一柄伞下，命运热衷于尴尬，
哪怕什么都不曾发生如同这幅完整的
不曾被剪裁的晦暗缎面，雨总是这么完整，
谁都走不出去或者说谁都不想走出去，
但它却又说停就停，就好像奢望本就有罪
而清醒的瞬间，是沿着铁轨滚滚而来的火车。

Grief Is the Thing With Crystals

悲伤的时候，我看自己的肚脐，

看那里簇生出晶体，不需要光源

也能闪烁不定，对，原来我才是光源，

哪怕我正在为黑洞而悲伤，我们在雨夜

的荒野里开车，哪里都没有路也并不需要路，

这时候你说，在世界尽头之外，

黑洞正在等待，而我们已经挥霍了太多，

我不能直视镜子里自己的眼睛

如同我不能与野兽对峙，我与我的影子

还有空酒瓶之间游荡着丧失了眼泪的盐分，

还有什么是晶体，最坚硬的钻石吗，

星辰熔炉里最初与最终的妄想，

只有人如此微渺，只有我们此刻炙热的皮肤

如此柔软仿佛存在正滑入虚无。

那些消失的都还在

你遇见过街灯逐一亮起的
瞬间吗，我们还在假装彼此倾听
却正各自丧失着，维系生活的勇气，
鲁莽的人最好回避成群结队，
失望的加速度在琴键的高音区
颤动仿佛迷失在风中的信号，
街灯何时亮起，我从未曾注意，
它们还会在固定的时间熄灭为了
遵守人间的秩序，你又能怀揣着粮食和水
走到多远的地方或是多少年后
甚至多少年前，我在没有街灯的拐角
捡到摔碎的娃娃，这些年来我一直在缝补她
身上的裂痕而此刻，我终于缝上了
自己的嘴封闭了叛逃者的来路和去处。

Smoke Gets in Your Eyes

与人保持距离并不难，难的
是，躲过蓓蕾、花朵与残瓣的绵延，

我对这酒说，你去吧，去到
空的杯里把它充满，我对满溢的杯说，
你来吧，来到我的掌心为了被抛起，

液体与碎玻璃与黄昏最后的暖光之后，
别看这现实，这扑簌着墨色羽翼
却总也不能起飞的巨鸟，我对这鸟说，

你好吗，你离我远点好吗，你不要
压在我肩上，像个需要被搀扶的老朋友那样。

近乡情更怯

要去的地方都是曾经

住过的，翻开的书卷都是

曾经读过的，想到这些，

终于想起来，此刻我想要轻触手臂

低声说话的人，都是曾经活过、却已消失成

关于消失的讯息的，五月的公寓楼前

开放着蓝色的鸢尾，九月的秋光跟随着

去机场的班车，去北方吧，

北方寒冷而温和是猛犸象的家乡，

我也拖着长长的毛毯和黑沉沉的梦魇，

谁也不知道这轮世界之前曾经有过多少循环，

我们相聚又分离却又不期而遇，

我们为了取暖而点燃篝火，燃烧的煤

所释放的，是曾经照耀世世代代死者的阳光。

You Don't Die Enough to Cry

雨下得很大的时候，我琢磨

怎么把胳膊点燃，接下来的任务是

举着燃烧的胳膊不被雨水浇灭，

我什么都做不到所以想要飘起来逃避现实，

可我的朋友都在大声说脂肪脂肪

你需要很多脂肪，被剥开的橘子

那样的脂肪，被车轮来回碾轧的悲伤，

继续活着的人们推着手推车里成群捆绑的绣球花

和花瓣缝隙里大声争吵的亡灵，

雨并没有停下来我喜欢和不喜欢的朋友

死后变成了青蛙、红顶雀和神气活现的黑山羊。

绝望与渴望

我学会了克制，不再奢望太多，
只要多那么一丁点，一丁点就好，
与人对视时尴尬地笑，被阳光直射时
抬起手臂遮挡眼睛，看，
我多要的那么一丁点，就像是
包裹着肘关节的皮肤，收敛起来全是皱褶，
展开时却恰好能容纳手臂的动作，
伸手打开的门又被风带上了，
挥手告别的人从此再也没出现，
我知道命运所赋予的总会被命运收走，
那又怎样，终于铭记在心的歌谣
诅咒把它唱起的人客死他乡，我想要保留的
只有这根喉管，还有那么一丁点，柔软的
堵塞着空管的东西，被强行咽下的
哽咽也好，胃囊里上涌的残酒
也罢，只要多那么一丁点，一丁点就好，
我就能满足于，彻底的沉默。

背叛者

羽毛很难保持平静，因为太轻，
我羡慕死去的朋友，他们
戴着锁链转圈，哪怕早已被烧成灰，
他们还是戴着锁链转圈，
平原上的龙卷风有绝对平静的内心，
此刻我的内心浮现出幸福，
只是这两个字，能指并非所指，
厄运的手指折断了树枝，
我该怎样创造世界才能违背现实，
我该怎样借助死去朋友的重量
去到水的深处，背叛他们曾经的告别。

滑 梯

如果温度就这样降下去，要小心，

屏住呼吸别叹气，太冷了，

大理石会飞散成粉尘，像蒲公英那样，

也不要坐在敞开的窗边远眺，

你知道的，空气里的水分会凝结，

夜幕下闪烁的除了遥远的星星，

还有无数微小的冰晶，如果温度就这样

降下去，世界会变得美丽，

死者保持不朽，生灵趋向迟钝

为了抵抗滑行于皮肤之上的忧伤，

跳着舞的是刀锋啊，想要落脚，想要扎根，

我们尽管沉睡哪怕伤痕累累，

所以，温度必须再降下去，

直到一切还在颤动的都回归平静，

你要站到变迁的对面，捂着心脏发誓，

这就是绝对，是最亮的光正填满最深的黑洞。

天各一方

我住在离我很远的地方，

夏天快结束的时候，

野地里开满了高高低低的野花，

我想要走很远的路去看它们，

淡蓝浅紫和纯白的光斑，

摇晃在天空和草地之间的惊讶，

可我怕整个世界在我到达的那一瞬间消失，

就像是不配拥有的财富终究不可企及，

我并没有在说梦话，但我真的

住在离我越来越远的地方，

北方的海虚弱而温和，

南方的岛屿无论昼夜都喧嚣异常，

我闭着眼睛扔出去回旋镖，

然而没有人归来，就连我自己

都还在冰层上——耗尽整个世界都仍然

覆盖不住的冰层上——滑行，

不受阻碍的悲伤能够抵达任何地方。

两间空房子

穿蓝白格子裙的邻居在后院喝酒

唱歌，关了窗还是能听见

她们的笑，关窗时我险些折断了指甲，

疼痛微小，像是香槟的气泡，

或草地里萤火虫忽明忽灭的行迹，

隔着墙的邻居总是很忙碌，

埋葬了死者再把孩子带来这世界，

生完孩子又赶紧编织葬礼上的花环，

她们的脸总是那么模糊，

这样才能流淌进任何人的幻想，

我却没有力气清除屋子里的灰尘，

这些轻飘飘的、无济于事的善意啊，

我试图在黑暗中编织故事，

关于命运的捉弄、不该发生的爱情

和别无选择的溃败，邻居的歌声和笑声

也在编织着，谁都不知道那是什么，

夜色尽头，人们疲惫不堪，

夜色刚刚降临，人们早已疲惫不堪。

我们无罪，只是愚昧

足背上的凉鞋印迹尚未淡去，
树丛间的红色星点已蔓延成片，
推动潮汐的月亮并没有向我们推近，
倾泻着自己的太阳据说有近乎无穷的寿命，
永恒是什么？死去的朋友们不再担忧
因为他们已不复存在，我们却还在
分崩离析的岩石上、蒸发殆尽的水流中
建造家园，傍晚的雨来去匆匆，
推着婴儿车的男女并没有走远或走近，
在哭声中倾吐自己的婴儿终将学会沉默，
阳光终将熄灭，但那并不是我们所能担忧的，
听着，我说的并不是暮色降临
或夏日消逝，甚至也不是世界归入虚无，
这一切都太过细微，太过细微的疼痛占据着
此时此地——我们本就是自身的囚笼。

天凉好个秋

就在我们都以为夏天
已经结束的时候，唉，它还在，
挺拔的血红色蜀葵，
撞在玻璃上的绿头苍蝇，
擂鼓般勇武的雷阵雨来了又去，
去了又来。这暑热还能再撑
几天，虽然橡树和槐树都在抖落黄叶，
无人认取的包裹挂在路边栅栏上，
我们都以为自己还能再撑几天，
就像是被晒干的旧电池，
忘记了彼此模样的老情人，
撕裂嘴角是为了加深勉为其难的
笑容。坏消息并不会等到
夏天结束才到来，夏天也并不会因为
坏消息而突然粉碎……
我们都以为，只要再撑几天，
死去的朋友终将学会安于死亡。

天雨沸铜

我甚至都不喜欢我的朋友，

他们也不想同我浪费时间，

我们就像是来自四面八方的种子，

落在同一片野地里，

开成了五颜六色的罂粟花，

彼此说近不近，近到能够在电话里吼叫，

要不索性就挂断被吼叫撑满的电话，

但又说远不远，远到坐在一张桌子前

整理层层重叠却从不交融的世界，

直到从各自的世界里消失，

我的朋友们现在可能是青蛙、红顶雀

还有神气活现的黑山羊，

他们做人的时候遇见过我，

他们还没来得及讨厌我，就已经

跳上了下一班火车，我好像

可以把胳膊收起来抱紧自己了，

花瓣如果不飘落好像可以像伞一样收起来，

我的朋友在唱一首叫作"天雨沸铜"的歌，

我忽然很想他们因为沸腾的铜很痛。

用分叉的舌尖舔眼帘底下的蜜

秋光镂空的船

长日的尽头,虽然白昼正在变短而衣袖悄然长过手腕,
他卷起明暗之间的画卷,他承认,他画不出海上熊熊燃
烧的船,即便算上做梦甚至艰难死去的时间,他即将枕
着未完成的世界被它抛弃,叫不出每朵火焰独一无二的
名字,也未曾遇见过路的女王,她衰老而体态臃肿,在
高处挥手就像擦拭玻璃或是抹去他最后的痕迹。

蜉蝣之女

I

她们在湖上划船时遇见了雨，雨水中肿胀的脚踝和手腕花盆般冷，随时会被发芽的种子撑破，她们望不见岸，这意味着窥探者也无从接受这里的奇迹，比方说水面上浮动的火焰和她们时而鲜妍时而倦怠的脸，她们偶尔吞食飞鱼，更多时候背对彼此划桨并且无话可说，生长还在持续，雨点里夹杂着来自远方的浅紫花穗。

II

坐火车穿过着火的松林，这听起来像是小说情节，路过尚未远离浅海的白帆，少女向野雉放枪，梦想着在未来丈夫的茶里投下砒霜。她们套在蕾丝里的手指夹着烟，同样镂空的贝雷帽透着水烟的灰，或怏怏的铁锈红，米奥拉，特里莎，她们在餐桌上给猎物剥皮，子弹洞穿的地方又被血堵塞，她们心存邪恶却身裹丝绸。

水天需

想要画鹿，伸手却抱住了石斛，美即错误，无心经营，不可预料，却比成长更难以抵挡，比起衰亡，更飘忽无定的是她们啊，脚趾撩水，垂在身侧的鳍卷起浮冰，分叉的舌尖舔彼此眼帘下的蜜，被刀刃撕裂的肉尚未绽放成伤口，南海啊南海，洋流送来遥远的腐殖质，那里有白夜的坚硬、极光的倒影和她们的倏忽即逝。

赎罪的日子

从浴室水管里传来的女声，就像磨砂玻璃外的雾气，花园里因衰老而白了羽毛的孔雀，赌徒眼中总是在短暂眷顾后卷走一切的命运。秋分后我们何时点灯，何时迎来草原上的雨季，何时攀登不复存在的神殿，何时在岩石上刻字告诫未来的自己咬紧牙关，却只在少女路过时轻叹：她们真美，她们即将用眼泪洗刷芦苇。

谄媚者肖像

我想要学会温柔和适度的忧愁，留山羊胡，喝苦艾酒，
手捧黑色礼帽用以护心或乞讨，操练各种语言因为国家
正忙于战乱而我睡到正午才起，在枞树阴影里展示忽蓝
忽绿的眼眸。我不爱这时光飞逝的尘世也并不转身祈祷，
我太过频繁地流泪为此才逗留少女胸前，她们嘲笑花粉
过敏却怀抱金毛宠臣——看，脚不沾地才能更好地顺从
命运。

帝国边陲

需要恰好的弧度，路边的儿童滑梯，才能用影子接应河马形状的摇椅，油漆斑驳的河马面容愁苦，滑梯上的孩童却全然不觉，他们不知道，夕阳的颜色叫作暖，群飞的野鸭朝向南，包裹他们如同土壤珍藏松果的披肩，已经被篝火和歌浸染，篝火旁母亲停止了私语，在这恰到好处的瞬间，那些终将远去的，都留下影子做了抵押。

类比系魔法

我想要窗外的房屋消失，不间断的草坪延伸向远山，大雪纷飞时只有鹿偶尔驻足，我却并不看它。为了不辜负雪后晴光，我裸着身子读书，给两两相望的石笋和铁线莲浇水，教五彩斑斓的大鹦鹉说话。它说：钟声还在飘荡哪怕钟楼已倾颓，船只彻夜穿梭河流却已干涸，我练习的杂耍能把戏从尾演到头，我想要带领窗外的人们一同回故乡。

黑胡子说：空岛是存在的！

大海轮停泊在向晚城时，连绵十几条街都可以上船或卸货，夏末雨水簌簌不息，空气里穿梭着火箭矢和挂金铃的流萤，开膛破肚的西瓜随地可见，睡在凉席上的儿童偶尔会被当作药材错收，大海轮难得途经山巅的向晚城，除非浓云万里吻合了海潮，水手说起飞那刻蝴蝶般轻盈，他们颊上都有状若蝶翼、被死亡亲吻的黑印。

持久战与海芙蓉

每次只能完成一项任务，他必须做出选择，变成自己曾经厌恶的自己，或是学会蹲在星空下吸烟。战争爆发时采集苹果的人用苹果投掷敌机，类似火焰的东西总会熄灭，因为氧气有限而胸腔里疼痛像浮冰封闭了海面。他试图呼喊，刚渡过变声期的嗓音信号弹般孤单，太多星星扰乱了夜幕，那是死者的足迹他追赶不上。

约拿与病孩子逃出乌托邦

骑脚踏车逃跑最为糟糕，就好比旋转地球仪推动旅行，
但他还是这么做了，趁着微风尚未膨胀成暴雨，树叶即
将燃烧却仍保持着青葱，他往车筐里塞满粉色秋葵，是
的它们常年开放,硕大而鲜嫩如同这个时代疯狂的头脑,
他拼命地踩脚踏板，后座更年幼的孩子紧搂着他的腰，
他们以同样的节奏哭泣并畏惧前途。

夏与西伯利亚

鱼缸底部的生活，被街道两侧的连荫和浮石般晶莹的楼宇所困扰，并没有前方，店铺和行人蔓延到路心，地狱拥挤而寂静，这归咎于空气中糖霜的沉降，相信我，你所能看见的其实早已消逝，你自以为亲手扼杀的，正在眼帘后曳尾，那是雨中离枝的红白木槿，和沸腾深处的凉。

昨夜寒蛩

沿着漫长的海岸线，长途车行驶在雨里，用指尖划在窗
玻璃上的疼痛本只是字迹因而很快又模糊了，抱着脱臼
的胳膊下车，走进街道对面的小巷，那里的屋檐下挂着
囚禁鹦鹉和画眉的铁笼，那里的水缸高过鼠尾草，结锈
的水面上漂浮着并蒂莲，在窄巷尽头攀登高坡越过砖墙，
所见的海是镜子这边的波澜，镜子那边是死后或醒来的
世界。

尸解仙

穿过草地，因疼痛而俯身，看见草茎间零星、半透明、蓝莓般微小的茧，那是丝缕状雾气贴近地面的沉淀，形若断指的蠕虫彻头彻尾的倾诉，羽化前在世间最后的流连，令我回忆起胸腔里疼痛的来源，我梦见雨中的玻璃房建筑在河心，水流湍急夹杂着红萍、白鲹和游魂，它们经过我却没有方向，与我面面相觑却不曾相遇。

安息日

悲鸣声并非来自野雁，他正沿着林荫道行走，路过火焰般起伏的店铺，暗金色街灯照亮由疏变密的雨雪，他的头发染着白，他拄着笨重的帆布伞，另一只手被绳索牵引，绳索那头拴着边哭边奔跑的猴子，空气在鼓乐声中颤动，连同空气所不能容纳的雨夹雪，就像他颤抖着身子咳嗽，倾吐生命所不能消化的祈愿和无望。

蓝采和

在南方，树上挂满藤蔓并且全年苍郁，姑娘穿着套鞋去
采螃蟹和蟹爪兰，她们的草帽和念珠和公交沿线的凉棚
同样动荡，被酸驱使的蓝绣球和被碱浸润的蓝牵牛占据
首尾相连的花床，这里的雨季灰蒙蒙的总有什么在腐烂，
我习惯于在夜深处点火，我知道记忆就是守护疏忽的火
假装那重新燃起的和早已熄灭的同样幽蓝。

缀满钻石的奶糖纸

天还没亮，街灯的橙色光晕舔舐着积雪，穿卡其短裤的邮差摁响门铃，在台阶前留下被缎带缠绕的剪刀和新鲜芍药。我还没醒来，壁炉里没有火苗，散落的蛛丝向上漂浮，洗手池里堆满空白的信笺，用来丈量太妃糖国度与月球的距离。这时我的朋友听见了铃声，她们欢笑着跑下楼梯，"不要，不要推开那扇门！"我的手却并不能穿透幻影，如同细微的水流无法阻挡游鱼，她们为什么不知疲倦，夜与昼、虚与实的交融之地雾气弥漫，她们不知疲倦地追逐着什么。

粉墨登场

不存在那样的瞬间，山中的细雨和浓雾彼此转幻，像是同一个人在此刻舒展开身躯，又在另一刻以几乎完全相同的姿势继续瘫软，这种湿漉漉的重量令芍药弯腰。她们把花园建在屋后的高地上，沿着山石的走向扦插花苗，秋去春来，芍药开满漫长的夏天，娇艳而膨胀，远远望去如同堆积在剧院后台的戏装。人来人往人去台空，只有这些飘荡在重重故事里的皮囊哪里都不去，只有这些忍受着细雨和浓雾的芍药在她们的后院弯下腰又昂起头，等待着射穿浓云、深山和倦怠人心的第一线阳光。

爱自己一事无成的迷人

Oh Horatio

我在街上撞见赫拉修，就在昨天
棕榈树下，圣地亚哥小旅馆的台阶前
十一月的加州那么暖和，我却穿得太多
他招手，说真好你也在这里
我摘下耳机，他放下箱子，我们拥抱
说起讨人喜欢的老师拉符赫神父，他去了乔治城
他总是说："上帝很努力，却还是无能为力"
就是这样没错我还有什么话说

然后班车来了，我一个人去机场
戴上耳机听那首被打断的歌：
"我在街上撞见赫拉修，那是五年前
慕尼黑城外，去罗马的路上
尘土飞扬，天气炎热得让人没法呼吸
他招手，说快过来坐在我身边
声音哽咽，吐字艰难，吓了我一跳
他说他拼了命地爱一个人，那人穿着一件 T 恤
上面写：'总有一天我们都会孤单地死去'
就是这样没错我还有什么话说"

题吉行淳之介《骤雨》

还能怎样，无非是嫖客爱上妓女。
叶落如骤雨，他拢着袖子，
在窗下等一拨拨男人离去。她也等他：

和桌上空的酒杯，嵌进瓷里的渣，
缺页的相书，夺拉在床脚的棉被。
她笑起来……像一管就要吹断的笛子：

"有彼佳人，在水一方。"
整个晚上，他在街的另一边啃蟹腿，
为她守身。她说为他守身。

他们之间隔着水，淹死的马缓缓漂过。
镜子两头都是影子：她和他守身，
守着明年开张的花铺，或是洗澡堂——

阴户里，不属于他们的整个世界施舍着。
蟹壳硬，断了双筷子，有点沮丧。
他推门，最后一个嫖客。扫叶子的车。

La Petite Pomme

她头发乌黑，眼睛细长，笑时微微发颤，
让人想起秋日的花藤和木椅，那些细碎的光，
那阵回旋着、在她脚底睡去的风。
她也忽然变得安静，像是空气结了冰，
透着淡得几乎看不见的蓝，很轻，很轻。
透明的小娃娃，眉梢上有大而薄的蛾子在飘，
那是最后的枯叶呀，恋恋，不舍得她，
就像她深吸气，踮脚走进不消散的浓雾，寻找我。

我还是不懂，该如何牵她的手，该往哪里走。
太多，太多小苹果滚落；遍地都是松针，
都顶着只属于自己的露珠，这么多露珠里映出
是那同一双缎面、缚着丝带的鞋。
来，跟我说 ma petite pomme，用满怀惊奇的语气。
她眉毛高挑，眼睛闪亮，刹那间妇人般矜持；
她一口咬住并不存在的苹果，甜美的汁液，
尚未溃烂的岁月，还有那尚未陷入绝望的爱。

天也许刚亮，也许就快黑了；也许，
离开这里的路早已被收走，像卷陈旧的地毯。

野餐会结束后，人们耐心地缝上自己的嘴，

多困倦都不敢打哈欠，怕的是那乘虚而入的时间。

时间终将磨尽我。你呀，我的女儿，

我的小苹果，挂满枝头的我的死，

滚落时悄无声息，而雾中松林越来越模糊——

那只是别人的梦吧。他梦见我在敲门，

他看见我身后的小女孩。绽放笑容之前，

她认真地念着咒语：ma petite pomme, ma petite pomme!

潮 汐

汗珠从发梢滴落，刹那间细微的一点亮，
渗进木台阶不见了。
阳光从楼梯扶手的间隔处撒下来，
一块纯白的手帕在风里打着卷，从他眼前飞过去。
午后。海边。废弃的小楼。

他早已不记得自己的来意，
只想找一处荫凉的地方，也听不见那些孩子的笑声。
他掌心发冷，彼此纠缠的线过于繁盛，
同时又惊人地纤细着。
蛛网。快要饿死的苍蝇颤了一下翅。椰子正香。

如果睡去，梦中所见的，会是一间狭小的卧室，
没有窗，床垫斜摆在地上。
他像婴儿那样蜷缩起自己，赤裸的背贴着墙；
他舔自己干裂的唇，血是咸的。
从前。她溅起的水花。水深处近于墨色的蓝。

潮水从身体的最深处涌出，当他沉睡的时候。
他惊醒，拖着身子去洗手间。

灯亮起的那一刹地板上有蟑螂惊慌四散，

他甚至为此而歉疚。

旅途。他乡。刀片上吹落的胡茬。

"这怎么可能，我怎么可能在胸膛里装下整个海，

哪怕它藏着不辞而别的你？"

他就地而坐，头枕着浴缸的沿，

缓缓松开刚刚攥紧的拳头。

门外的争吵。不熟悉的语言。断断续续的啜泣。

不过是场梦吧，这些个年头。

他梦见自己躲在陌生的公寓里，外面下着雪。

潮水又一次涌起的时候，刀片深嵌进指骨，

他仰头，灯丝抖得厉害，然后灭了。

黑暗。沉寂。这不是海边的小楼。

只有她还在等待，

颈下缠绕着绵长的红藻，腐烂的双腿变成鱼尾。

她潜入没有光的深海，

那里的寒冷让人放弃挣扎、彻底平静，再也无法离开。

"等我！"他说，"就像等待末日！"

黑之契约者

回荡在空房间里的咚咚声,来自敲打砧板的菜刀。
他喜欢生的土豆片,喜欢那种适度的坚硬,
和微微的甜。他喜欢土豆酿成的伏特加,
在冷藏室里放多久都不会结冰,握着酒瓶摇晃
能看见透明液体里近乎晶体的细丝纠结、盘旋。

时间是停不下来的河流吗,或者,被随手打翻的酒?
他想在其中看到的,只是一些模糊的倒影而已。
比方说,他曾经爱过的,骨瘦如柴的红发女人。
她灌了太多伏特加,肚子胀得像地狱里的鬼。
他把她压在身下,知道她会吐,却没想到喷泉下面的塑像,

如此的美,又如此的冷。他脱下衬衣裹她,
他们躺在空房间里,透过敞开的窗眺望星空。
她变成了孩子,似乎是因为衣服太大。他看不太清。
他想和她一起慢慢地消失,回到出生前,
也回到那个死后的世界。星星的碎屑落在脸上,

无论走到哪里都无法逃脱。他吃生土豆,
接下来他还要吃煮熟的、撒了盐的土豆。他会发芽,

就好像她长着火红的头发，他们都是有毒的。

偏头痛意味着某只眼睛比黑更暗，只能死死捂住，

剩余的视野被砧板和刀所充塞，这一刻，多么安静。

白雪公主

太冷了
你不可能再长大
来看呀，这些被水淹没的树枝
来水里看，别去管雪还要下多久
背着橘黄色的猫，跳下来，从三层楼的窗口
赶在雪花落地之前，看啊，看整座城市变成水的池

人都死光了，悄无声息地，只剩下头发缠绕着树枝
你的眼珠自顾自地游走，舒展开美丽的触须
它们，是一对再也不会重逢的鱼
把手给我，欢迎来到我的城市
你从不曾被爱过
小白痴

水晶宫

在住处和干活的地方之间
轨道上来回行驶着地铁
车厢里没人说话
地板或座椅上偶尔会残留着打翻的饮料
我经常瞌睡，把头埋在大衣领子里
每次都梦见金枪鱼、水母和珊瑚
就像是陷入了某种诅咒

直到某天，看到电视节目里说
列车到了一定年限就会报废
被拖上货轮、运往近海、沉向水底的垃圾场
我再也不敢坐车时打瞌睡
怕被鱼啃掉嘴唇
它们漫天飞翔，搅动起漩涡
连接这个世界和它早已被注定的未来

我庆幸我们已不必再见面
小火焰早就熄灭在头顶
灌满水的铁盒子里飘荡出触须
我没法用腮说话

你的鳍也不能用来拥抱

她不光瞎了眼睛，还讨厌听见汽笛轰鸣

她是海的公主，我们十七岁的女儿

查姆达

雪地是金黄色的，哭喊声已经听不见了。
老妇人从林子里回来，她的两个儿子被人割断喉管，
他们一声不吭地从世界上消失，正如她
一声不吭地把他们养大，连同窗外的那架牵牛花。

雪白的，偶尔也是淡紫的，牵牛花
一声不吭地谢了，枯萎了，在冬天来临之前。
这个冬天之后，她还跪在门边擦渗进地板的血，
一声不吭地数这些年来的树枝、谷粒和浆果。

他们吃，他们长大，算不上强壮或聪明。
这不是童话故事，我梦见老妇人拖着草席，
云缝间的阳光抽打着四只乌青的脚丫。
她空着手从林子里回来，然后，又过了很多、很多年。

枯死的牵牛花是金黄色的，被践踏的雪乌黑。
我拼命蹬腿，想要醒来，却发现自己根本不曾入睡。

春之獠牙

"街心花园里，总有人无所事事地
躺着，脸上有别人的风筝
投下的影子在披拂，他们因此而假装表情丰富。"
——几年前，你在信里这样写。

我无从分辨，他们
是根本就不曾离开，还是见过了这世界，
并从此厌倦。此刻，如果你能听见，我要说：
"春天的芽各有各的名字。"

比如，你摔断腿哪儿都去不了；他
撕开车门上的胶条为父亲收尸；
我拖着空箱子上飞机，与人交换座位，
为了远离舷窗，逃避街道、陆地，还有那些风筝。

我们曾经发誓忠于彼此，做一群不屈服的
当代英雄，直到某一天，想要妥协
的人，发觉自己早已被拒绝在栏杆之外。
"甚至再也不能彼此面对，正因为还是朋友。"

——你在日记里这样写，

不在乎会被谁看见。习惯于受骗，

我们更为偏执地忠于彼此，却再也无法相信自己。

看，是什么蹲在花园的最深处？看呀，它的牙。

诱 拐

（为什么只在夜里叫？那些鸟——）
手指是耐心的，它们摘捡已经冷透的时光，
忍受柔软却没有弹性的牵连，
像一群不得不活下去的人，苦于捏造意义，
用蛇的皮、马的鬃、悬在井口慢慢腐烂的绳子。

光的砂漏完了，那一刻，我摸到你的喉：
那里锁着注定被舍弃的一切，
果真如此不安呢，你却比青色的火焰更为沉默。
可是，我们都听见了，那些鸟在叫——
（天不会亮，就是这样，我再也见不到天亮。）

做我的石头，和我一起沉下去吧。
你多新鲜，我怎么忍心眼睁睁看你被打败。
我认识它们，你折的每一只鸟，
床很空，纸做的翅膀在棉布褶皱里滑翔——
别再骗自己，又有谁能从我这里逃走。

很多年后，你会回来，推开窗，
瞥见花园里盛开的郁金香，嗅出风里的焦味，想象栅栏另一边的烧烤——那又怎样？

指间的刀片终将嵌入喉骨（飞起来了，那些鸟！）

你却没有镜子，看不见我刹那间变热的脸。

地下室

如果洪水找不到出路，它又能怎样？
像一只黑猫，躲在门后，眼眶里的琥珀渐渐变硬，
直到发臭？谁会怕它被折断的爪子？
我们被太多烦恼推着，铁圈似的越滚越远，

终于躺倒的地方，一群小孩嬉笑着拍彼此的脖子。
明天一早，他们将学会五种以上的领带打法；
再然后，学会放弃，解开领带只需一只手，
在开车回家的路上。偶尔也会撞见事故，花白头发的

男人从后视镜里瞥见路边草地
上的铁圈，和圈里的黑猫，没等眼泪落下，
就已经感到羞耻。仅此而已——洪水也许并不存在。
世上有海洋、湖泊、河流和露珠，

我们的杯子却倒扣在窗台上，藏起一把钥匙。
不要，不要去踩那向下延伸的楼梯！
这该是怎样的嘲讽，注定消逝的都还在：
婴儿的哭嚎，暴徒的狂想，过去的我们被未来所诅咒。

看不到这些话

你往北飞，你很忧郁

邮递员爷爷就要从养老院搬走

送别路上你还得为新生儿挑选礼物

飓风尚未长成

它们骑着漩流就像是老虎背上的白粉蝶

白白的、初试咆哮的小癫痫

它们督促你照镜子

爱自己一事无成的迷人，但拖延更美

蜓蚰驮着火车继续向北

沉睡不醒的脸比玻璃更平

你隔着车窗，向谁描绘蜕皮的蟒蛇

火车轹身凡十八反碎身如尘

他陪我坐火车，我和他结伴同行，去未知的远方，如果不是肩并肩瞌睡，我们就一同看车窗里暗下去、亮起来、又变暗的，那些陌生的脸，还有摇摇晃晃的行李箱，更多时候我们望向窗外，城市与废墟交织，森林连接着荒漠，暴风雨总在摧毁玫瑰园，而暴风雨被玻璃沙漏所囚禁，沙漏上雕刻着透明的玫瑰。他和我都看见了并抛弃了很多，"所经历的一切都应当被忘却"是火车的名字，对，这列火车有名字甚至举止忧愁，它就快负担不起乘车人想要放下的屠刀和求而不得的明镜。他和我也许爱过同一个人，那么，我们合力赋予死去的爱人双重埋葬吧，就像是左右铁轨外无限延展的世界彼此映射。他和我也许曾经彼此相爱，那么，我们告别时，所经历的一切都应当被遗忘继而燃烧起来，这着火的车啊，这裹挟着我们化为灰烬的爱啊……

逃亡者

是风或光线造成的错觉吧，他正在我眼前消失，固体静静地分解成微粒，继而静止在比视线稍高的半空，我还记得他的形状，或者该说模样，他披着浴袍，里面是湿漉漉的赤裸身体，腋下似乎夹着报纸，身体的另一侧，食指勾着咖啡杯的把手。

我叹着气等他消失，就像是忍耐着热水沸腾时的啸叫那样，煤气已经关闭，能量与幻影的类似之处在于不稳定，虽然拖着空箱子在旅店大厅里逃避生活的我也是不稳定的，我去过很多很多地方，那些旅店与旅客们同样面目各异……

然而，他却无处不在，他可能是根钢针，用来刺穿我所经历的那些场景，那些在风中哗哗作响的白纸，他走向我，在旅店人来人往的大厅里，没有谁看得见他除了我，早已死去的他正在消失，却并没有放弃迎接我，亲密的瞬间是怎样的陷阱，空气中的每颗微粒都是陷阱……

鸟群远去后的海滩像我的脸颊那样冰凉

钻石星尘

还有什么
比寒带的盛夏更美
驯鹿追着云缝间的阳光跑
狗追着驯鹿过河
乌云般的蚊子追着狗咬
冰原退缩后的泥沼是青褐色的
静水里悬空的游鱼也是青褐色的
桦树枝上新鲜的鸟粪还是青褐色的
雨注定不能持久
我们要赶紧划上独木舟去摘红莓
赶紧往枪膛里塞满火药
赶紧在初雪飘临前画完隐秘的记号

宿 命

新来的孩子不可能被说服

他很瘦，骨架的生长太过迅猛

把皮肤绷得薄而透明

他面无表情，如果闭上眼睛

会被误认为未完工的玩偶

但他正从大雨和蔓藤的深处走来

你望见他眼睛里交错的死灰色幻影

却不知那意味着仇恨还是祈求

你记不清是怎样把他揽入怀中的

但那一刻的颤抖显然

来自某种全然陌生的炙热

所有的故事，都发生在那一刻

通天塔

孩子和怪兽是相似的

还有雪地里冻僵的猴子

他们迎面扑来

他们想要抱住你的脸

他们只说真话如果他们真的能说话

更多时候他们用爪子表达孤独

你打算在入睡前做好防备

眼帘外世界早已失控

食物从不曾充足

更稀缺的是深海里的浮光

你正下潜，火焰上的倒刺向内剥夺

直到触及那无以承受的不存在

更替 I

水从你指间滴下

你想说善恶又算什么

水结成冰

但冰总会融化

就像长大的孩子总要跌跌撞撞

太多艰难总是另有其意

画框总是权宜之计

能被冻结的却不可能是时间

你懂判断句为何力不从心

你曾怀抱的孩子注定要怀抱死亡

从你合拢的手掌间喝水的孩子

注定要用眼泪为你洗罪

更替 II

潮湿的季节已结束

潮湿的季节还没开始

爸爸不会回来

爸爸是落叶乔木的名字

爸爸在湖面结冰前已沉没水底

世人的罪太重他们不该爱彼此太重

爸爸爱你如同盐不能阻止霜

你累弯了腰像狮子掉着毛

爸爸总是走在你身前

这只能怪时间残忍

天空冷得发脆，有时咳出飞艇

它们到底该挂白帆还是黑帆

爸爸，你倒是说啊

相依为命

寒冷地带，居民彼此问候时碰触额头，那里还有只眼睛，只有凑得足够近，多余的眼才能看见融化在全身的悲哀，那并不美好，就像是蓝鲸搁浅，撑满了血管。我曾依赖他的体温存活，他用手掌蒙住我的眼睛连同额头，他说寒冷地带不在海底，与死者也无关，雨水沿着他的轮廓滑落，车轮碾过柔软的枯草，他哭着说：你会离开，去找寻世界背面的南海。

星尘流逝

他看起来很糟糕，就连睫毛上都挂着霜，被风鼓动的头发像着火的草，短暂的拥抱后，我们把头置放在彼此肩上，练习呼吸或不呼吸。他能看见的世界我看不见，我只能看见他背后的光正用力推开云层，海鸥想要降落却被气流逼迫着飞远，种籽试图上升而土壤仍在攥紧，他早已认输我却不愿放手唯恐早已消散的一切再次崩溃，当他在我耳边轻声叹息请求原谅。

成 长

我没去过海底，没搜寻过沉船
没在舷窗外折过珊瑚并划伤手臂

我不曾在暴风雪逼近时与他争吵
不曾向着夕阳沉没处狂奔
不曾彻夜睁眼，把极光幻想成水面
诅咒他和他宣读的禁令消失

我急着像气球那样膨胀，急着还清宿债
摆脱盲肠般可以被割舍的储物箱
我急着铸造镜子只为面对自己
重复那些他说过的话，妄想挽留他

水瓶宫

我还能听见，还能听见星辰错位的呼啸，水汽凝结成冰晶的窸窣，不堪重负的骨骼芦苇般折断，沉入睡眠的人扑向地面、敲碎他的手。我还在听着，等待你尚未说出口的话，成长中的人不懂什么是贪婪，世界正在敞开，你仍然认定，受过的伤害终将得到补偿。可是，诅咒，我们都在学着与诅咒和解，因为寒冷而肤色青白，因为彼此渴望而忍耐分离，请原谅我正在关闭，像一架早早丧失动力的挂钟，我还在听，我还在竭力地听，唯独听不见时间流逝的嘀嗒。

奥罗拉

我们一起去看极光吧，看，极光，不要捂着眼睛，已经发生的一切不能像被推倒的骨牌那样再竖起来，再竖起来的不是我凭空挥拳的勇气，如果变成沙漏就可以慢慢倾尽自己，之后颠倒过来，疼痛的重量却并没有减轻，他留下的不是骨牌或骨笛甚至骨灰，他留下的我蹲在雪地里洗手，像摘下手套那样褪下皮肤和血管，我从张开的指缝间望见极光，一起去看极光吧，看得见极光的冰原上，我假装也看见了你。

旁观者的回望

雨是什么时候停的，你并不知道，疼痛消减，樱桃熟透落地，你循声低头，不去看过路的身影，不想错认湿漉漉的阳光所拍打的肩胛，交谈者的话题离不开尚未发生的灾难，你或许还能清点曾经的错，手持刚剪开的靛青颜料逼近画布，这平衡多危险，阳光亮起的瞬间，呼啸而来的现实新鲜得发涩，擦肩而过的少年奔向他的空白。

童年的终结

秘密是血管里的毒，胃袋里的碎瓷片，手心和手背同时绽放的烟花，擦肩而过的人已经擦肩而过了，请不要低估我们各自背负的蝴蝶，我们在雨的下方和云的上方同时说，放手吧。有的人因天真而冷冽，有的人因经验而怯懦，我们都懂得火焰燃烧消耗氧气，而呼吸亦然，巨大的玻璃罩叫作命运，看着火焰消逝在你的眼睛里，闭上眼睛的我还记得它初生的模样。

丧失的艺术

我丢过很多东西
甚至对它们的存在毫无意识
它们也不曾消失
就像是海底其实也有山谷
空的秋千突然开始摇晃
钥匙在白纸上划过并留下痕迹
即便啃苹果的男孩不走失
积雪也终将压弯桥梁
如果我不向四方呼救
就没有机会抓住眼泪里的盐
它们刺痛掌心，是活下去的意义

独目少年

有人喜欢床底下的橡木箱
那里也许塞满了粉笔、旧丝绸
玻璃瓶里的花瓣
纸片上长得像雨天树枝的长颈鹿
可我总能把东西弄丢
或者说，我的生存方式就是减轻重量
直至起飞，恐惧是感情的一种
回忆就好比转过身去提起漏水的桶
只有悬空的植物才懂得盛放
鸟群远去后的海滩像我的脸颊那样冰凉

绝 句

我偏爱寒带的夏日
浮冰折射着青色阳光
骑单车的独眼少年
被困在去邮局的路上

抵达之谜

他向南走,跟随染白山川的风雪和展翅滑翔的野鹅,他向南走,剪断长发脱卸盔甲直至身无寸缕赤裸如婴儿,他向南走,在沼泽边缘枕着靛蓝和紫红的兰花睡觉并梦见有人呼唤他醒来,他向南走,破晓前的雷阵雨来去无踪却总能陪他放声痛哭,他向南走,海里有帆船和岛屿和无穷无尽的盐而他终于回想起自己是条河。

来 生

我想带他去看南方的海

那里生活并不艰难

爱也并非责任

空气绵密如丝绸

夜幕下火苗噼啪作响

姑娘们眼角微垂像饱满的豆荚

我想带他去看灌木和草丛

还有池塘里的浮萍

水洼干涸前闪现的绿藻

连带露珠滚落的流光

他被冰面上的倒影禁锢了太久

像腐朽之躯躲避擅于摧毁的暖意

那般拒绝世界曾经的模样

去南海 I

雨水真的很陌生，太响亮，太嘈杂，太像套在我额头上的荆棘花环，蔷薇和刺槐也很陌生，他从没说过，画册里的南海竟是真的，无声飘雪的冰原也会有尽头，凡有生命的都有尽头，就像画册翻过这页还有另一页。雨水停歇了，却仍太过沉重，他的长发应该是暗棕色的，偶尔被云层间跳动的阳光染红，曾经用额头触碰我额头的他说过我会离开，去温暖潮湿、时光流逝的南海。

去南海 II

我想去温暖的地方，五月或八月都无须躲进壁橱和被褥
睡在一起，我想去他画在速写簿上的花圃、面包房、挤
满帆船的海港，可他说成年是被祝福和被诅咒之间的滑
动门，我每天吞下过量食物，为了让胸腔里的火扩张为
了能够挥拳打碎冰墙，可他从未拥抱我，他说孩子坚硬
得如同炸弹，而他不知该怎样剪断漫长的导火线。

若干年后

他说：快醒来，去看结冰的海
不是漂浮着冰块的鸡尾酒
而是结结实实冻到底的海

他说：再也不能潜水了
你趴在冰面上望见海底
那里什么都没有，没有沉船
没有魔鬼鱼，没有盘旋交错的洋流

他说：我们只能滑行但那更像飞行
巨大的虚空就在脚下
你还不醒来，你已经梦见了我
再没什么可以给你，请你原谅

曙光的宽恕

再没什么可以给你，请你原谅，请你偏离我曾经指出的方向，学鳟鱼遵循河流，像孤雁回归鸟群，跟随临阵脱逃的士兵消失于众生。从未说出口的言语最为悠长，敞开后又关闭的门以绿蔓为眉目，如果你转过身去，背后的碑铭早已刻定如同奔马落入未来，如果你逼近，我是说如果我继续走向你，世间的困顿将更为竭力地呼啸，学沸水喷出白气，像睡眠净化成死，跟随贪婪的徒劳再无形迹，却已得道。

忘 忧

风是热的，风竟然是热的。他长长地叹了口气，抬起手臂挡在眼前，阳光令人眩晕，沿着山势盘旋而下的台阶通向海滩。风把薄薄的衬衫压紧在他胸前和肋间，又在他身后勃然蓬发，让后襟鼓成微小的帐篷。风是热的，风擦过他的腰，像是记忆中的手。不对，记忆中的手总是那么冷，坚定温柔却冰冷。昨晚梦见了什么，他什么都回想不起来，他以为自己时刻都保持着清醒，从日落到日出，他坐在旅店房间的露台上喝一杯龙舌兰，缓慢得如同呼唤声消逝于空旷的海面。他的房间背靠着酒吧，陌生人隔墙彻夜跳舞，他们借助出汗而摆脱哭泣。这是温暖南方的美妙之处，这是他想要融化掉自己的地方，为了摆脱独自哭泣。可是，这么多年过去了，他仍然做不到原谅。

世界尽管崩塌吧，只有裙子变得更白

薇薇安，别哭

我们要去气球节
可刚出门就下起了雨
雨点噼里啪啦打在车窗玻璃上
像是被拒绝了还坚持着什么
承诺中的气球飞不起来
庞大的热气球能把哀鸣的马提上天空
漫天飞马映着夕阳该有多鲜艳
可是可是下雨了
手机收到洪水警报
我们要赶紧关闭门窗退居高地
我们中的孩子将耐心地梳头
直到白发垂及月光粼粼的水面

韶 华

不知不觉我都这么老了

薇薇安，你能不能别尖叫

乖，我知道猴子和纸船都是你折的

你出生前的世界很久远

你看不见的湖泊并不是骗局

可你却为了被爱而撒谎

这样不好谁都不该坐滑梯滑进绝望

总有一天你会像我这样老

害怕孤单死去却扯不断脚踝上的豌豆藤

你要诚实要勇敢要拉着我的手

什么都别想也别哭

哪怕隔着水隔着云天还有这么多年

听我说，你什么都不会失去

幕布不会降落

所谓发生

只是刹那间的事

比如成为少女

比如像气球被戳破那般老去

羡慕盲人也是罪

当世界静谧地旋转

当垂落的眼帘渐渐忘却颜色也有温度

我希望一切都变得简单包括相爱

因为下雨飞散的刨花才发霉

因为艰难才不再回避善意

绿椅子孤零零地占据着露台

故事里，少女们都还在飞行还没学会迫降

摇篮曲

睡吧，我的小妈妈，你低垂的眼睛潭水被绿藻攻陷，
我在城中，我是骨盆里的死囚，
我大而黑的睡眠是你，
你赤身裸体的悲哀上滚动着绿藻的花边，

而空气萎缩着，爱情不比一口气更持久，

这个夜晚的风放慢脚步穿透我，以一根白骨的形状，
我画了很久，在白骨上画出迷宫般的血管、经脉、
形形色色的扭曲器官，倾空自己，成为没有实体的影子，

而你，从孤零零的平面里诞生。
我的小妈妈，躺在窗前抚爱自己硬而脆的脚踝，
一双被巨大花朵顶起的瓷瓶在天上，
颠倒的视角，你错乱的笑和声音，
我找不到出路，我的头颅是你未老先衰的乳房，
在花丛中被风的舌尖吐落。

那都是过去了，小妈妈。
我捂着耳朵奔跑，你在我的指缝间流逝，

金黄色的沙和时间。

午夜里你呼唤我，在床单的洁白波澜里晃动腰肢，

鼓起枕头的风帆诱拐自己的孩子，去无人之境。

镜里镜外的苹果唇齿相依地落下来，

芬芳而发酵，最终烂醉如泥地瘫软一地，哭到窒息，

哭出绿藻的所向披靡，哭成无可掠夺时的自戕。

我的小妈妈分娩着水里的藻，她不能自已，

她手持银针为我编织葬礼的长裙，

我周身披挂墨一般的绿，心口处颤动着光的利箭，

血溅落在她仰望天空的颊上，

渐渐化开，成为艳如怒焰却悄无声息的笑。

小妈妈，小妈妈——你是谁的妈妈？

是我闭上眼睛虚构了你，我的小妈妈，

我是没有孩子的妈妈，

没有水的空潭，没有城市的守墙，没有睡眠的死亡。

想念你啊，想到只能睁开眼睛，看见世界还在，

你却已胎死在这世界的腹中，为了孕育我。

就这样睡去吧，睡吧睡吧，我的小妈妈，妈妈。

Lesbian Phallus

我的爱人睡在丑男人身边
一群黑乎乎的东西从脚底往上爬

她有微波炉和下水道，她的拖鞋开始发臭，我胸口堵得慌
我数脉搏，1，2，停，1，2，停，1，停，2，3，4，5，6
六张脸，六双手，天花板上飘着大石头

如果时间不存在，我们就相爱
我的爱人睡在丑男人身边，我吃面
我吐，蜈蚣的弟弟蜘蛛，半截身子的蜘蛛吐沫沫
地铁站里升起花瓣，她的脚法西斯一样美，多么冷，
火焰吞没城市的日子

多么冷啊，我的牙都黑了，说话时四处飞溅
我拎着塑料袋上车，装满晃晃荡荡的脸
面朝墙站，手放在脑后，数一数影子，1，2，停，1，2，停
走近，面对面，离开——笑声把肺炸开。
开火的号令从远处传来
好像水杯里看似折断的筷子

我没有阴茎。我没有阴茎。我没有阴茎。她是个妖精

她踩着自己的拖鞋在门口和我说话
绿松石项链，发丝里的棉絮，背后的影子静静移开
我来道别，我的爱人睡在丑男人身边，她流了很多鼻涕
她一声不响地哭

我说：你去睡在丑男人身边
我美，我不能幸存
我那没有阴茎的、
大理石般冰冷坚固的美，完美得塞不进心脏

袭 击

我不记得你的样子了，小妈妈。

雨里都是土，我不能呼吸，恨我自己。

池塘边都是树，环城的公交车烧得只剩架子，

有个人趴在方向盘上睡着了，他说：你们都是我，我累了。

我怕，我怕什么都不会发生。

可那是从前，当你还爱我，小妈妈。

还有什么比做一个失败者更光荣，我不想再爬起来。

这需要多大的勇气：不喜欢自己，却又懒得改变。

梦见环城的公交车钻出隧道，

那一刻的白光里，满车脸色乌黑的人盯着我手上

那个疙疙瘩瘩的球；

我拼命地举它，就像一棵树倒着生长。

该回家了吗？我不知道，不记得，只发抖。

每夜，我都抱着石头睡觉，

在梦里，石头还是石头，不管雨下多久，

都不会变成大象的头，或者，小妈妈被牙咬穿的乳房。

"放手吧，我就要炸了"
——那年春天的雨里都是土，你抱着我的腿哭。

背叛如此轻易，车走了，还会绕回来，
也许已经过了十多年。真的，那么多房子，那么多街，
那么大的家乡，都会没有的吧，只要我放手。
看，保险栓已经拉开了——

看，池塘起了风，树上蹲的都是鸟——

鸦 杀

跟着我，往深处走
去到没有窗的咖啡店
手牵着手，飘落在角落里

为什么离开的人绝不回头
黑漆漆的灯管再也没有温度
挂满钥匙的铁圈从墙上掉下来
最后，就连我们流血的声音都变得安静

你在我的心脏上描画双桅帆船
我从你腋下抽出大丽菊和蟹草兰
世界尽管崩塌了吧
我们的裙子变得更白
这，就叫作相爱

元 神

所谓的错，就是要的太多

所以才得到的比谁都少

但也有例外

我们各自怀揣着越来越重的秘密

是的，最终共享的不是艰难，而是难以启齿

还记得那些雨天的树吗

它们直挺挺的

无论枝梢如何颤抖、滴水

那时下雨，我们躲在帘子后亲吻

收音机在哑雷的间隙捕捉到来自未来的喘息

——你仍旧那么美，那么老无所依

小畜

永恒的、在指尖上旋转的夏季，一束束阳光所刺探的伞面，也被一蓬蓬急雨敲打，安娜和诺诺隔着玻璃贴紧手掌继而全部的彼此，植株细长却并不发狂，马因为梦见了额头上的角而奔跑，安娜和诺诺睡在巨大的黑洞里，她们吃完了谷粒和爱欲又把重力咬穿，忽明忽暗的眼睛看着万物失去形状，融化的雪再不能回到自己，这里炎热，啊还有，还有更多孩子迷失在途中像蜜蜂腿上沾满花粉。

山水蒙

安娜从没去过山那边，翻过山冈她就变成了诺诺，就像是不该相爱的南橘和北枳。悲伤的诺诺还在生长，旱季里灌木和草丛不分彼此，没人相信云雾擦拭地面会留下湖泊，安娜确实会把诺诺忘掉，如同睡着的字迹做了场白茫茫的梦把秘密还给生活，而被遗忘的诺诺丢掉了身体只剩影子，她是被打碎的诺言，和被惊醒的安眠。

地山谦

因为怕冷，安娜和诺诺坐在通向阁楼、并没有铺设地毯的楼梯上，手牵手抖动双肩像夕照里的冠状花序，无声地嘲笑匆匆经过、却并没有闲暇抬头看见她们的人，那些人骑着风还挎着色彩斑斓的裙裾，富有是可以抵抗悲伤的，被看见的安娜和诺诺会手牵手跳下来，像箭矢寻找心脏却止步于盾牌，她们觉得冷，风时时刻刻在雕刻，比盾牌更坚硬的那些人。

天地否

诺诺又梦见了安娜，梦见就是谁都不想再见到谁，而现实外的现实不会让任何人如愿，诺诺的梦里有太多阁楼，它们悬空不存在却死死套住想要跳舞的脚踝，诺诺有修整牡丹花的剪刀有时也用它解放自己，被剪断的双脚长得很快，诺诺必须跑得比豌豆藤更快才能躲进云霄，但是安娜在那里，安娜的背影上趴着两团黑影它们偶尔看起来也很白。

泽风大过

她们的罪行无人知晓，她们所受的惩戒是去巨浪滔天的山崖培植草坪，总有鸟群来啄食种籽，还有病害把绿芽染黑，她们藏进长筒靴的珠链用以扼住咽喉，塞满行军包的红白蜡烛能够点燃烽火，她们甚至亲手搭建起塔楼，面对山峦般锋利的海浪，也背靠海浪般悸动的山峦，疲惫的她们一旦抵额入睡，甜蜜而黏稠的世界就此悄然诞生。

嘴里含花的叛逆都已死去

速 写

接缝处脱了线
在雨天漏着雨的伞

波段调准前
琴声和杂音互相试探的收音机

咬着即将被说出的话
因疲惫而放软身体
春风中新蕾般孤零零的人

初春雷雨后

草坪变成了海与岛

沿着路面走

踩着镜子和镜子里的星空

看啊，有些星星不见了

有些星星又回来了

死去的人还在海上航行

少女们挽起被雨打湿的长发

她们的肩胛骨

就要变成蝴蝶飞走了

名字不叫山毛榉

那应该是某种高过人头的蕨

哪怕暮春天气都还没能抽出新芽

它们成群耸立

托起硕大的、流失尽水分的刺毛球

在风里簌簌抖动

掩藏初试啼声的红山雀

它们全都刚活过来

连同颤抖的溪流

抽打蝇虻和疥疮的马尾

躺下身背负起夕照的草场

我想要知道

为什么去年的枯草比新鲜落花飞得更高

为什么我们都哭着来到这世界

逡 巡

别告诉死者他们已死去
也别以为自己是例外
太阳落山，被灼伤的后颈并不会痊愈
这世界的宁静来自互不干扰
早已道别的，即便直视双眼也不必相见
我们彼此拥挤如这杯漫溢的酒
谁都急于品尝却更急于失手
那是泼溅在夏日甲板上的郎姆加柠檬
那是纷至沓来的足尖和睡莲
漩涡里升起的终将被漩涡吞噬

In My Beginning Is My End

夏天的草长得真快啊

原本匍匐在地的高过了膝盖

原本缠绕枝头的垂到了眼前

雨中溪流也在膨胀

酒后失语的人坚持不懈地吹着气球

劫后余生的人渴望世界消失

于是夏天说我原本就是场虚妄啊

看这些细长的心状的锯齿边的草成灰

看这些就要滴完蜜的金银花

和终将被雪珠覆盖的雪珠花

Endless Ending

夏天总是这么冷吗，是啊，必须用锤子砸开冰块释放自己，余晖将尽，踱步街头时不要偷望橱窗里的众生，心底的喷泉不能因悲哀而再次陷入沉寂，时间是直线是热量的归零，我们却自作聪明地游离并回旋，直到一败涂地，曾经与曾经的生活与曾经生活过的地方都已分离，即便在同一阵风里，尘埃的轨迹也从不重合纷纷远去。

仙 境

如果蹲得足够低
就可以进入蒲公英的丛林
遇见兔子国王和祭司披着兔毛色的兔毛大衣出巡
它们说：嘴里含花的叛逆都已死去

下一刻的遗忘

雨后，草地上的蘑菇

有的悄然蹿高，有的已经腐烂

不再属于萤火虫的季节里

微小的锦囊耗尽了绿色的墨汁

哪怕故事仍未成形

缓慢行驶的公交车上

阳光照亮了一排、又一排的空椅子

我厌倦人类的根源还有很多

需要再喘一口气，才能什么都不说

立 秋

起风时，若非枯黄的飞蛾被卷进草丛，草就不会枯黄，若非我正在漆黑的河流里游泳，水就不会成为记忆中的波澜。又起风了，秋天正无穷无尽地过路，敲打窗框，用它钻进屋里的头咀嚼纱布和蕾丝，用它带蹼的手指濡湿书页上被囚禁的人与事。起风的秋天，越是凉薄就越是柔顺，它会在离开前为马披上毛毡，为收割机熄灭嗡嗡作响的引擎，为我啊，完成与这世界告别的心愿。

悬 海

鲸鱼来了，搁浅在树杈间
我们跟着水泥路面上迁徙的叶子跑
伸手，就能摸到它无眠的眼

太多金币已经被泡软
换不来飞出光之湍流的纸鸢
是谁，陷入了时间的
隐秘核心，哪里都去不了

鲸鱼的骨架真大，梗在喉头
让全世界失声；鲸鱼的骨架真小
我们摸到的青色树影是它一生的记忆
吹口气就散了，亮出秃的天

忘 情

树静静地投下它的影子

阴天淡，晴天浓

秋天的树影是彩色的

有橘黄，有灰褐

当落叶渐渐铺满山坡

我的影子应该也可以被捡起

细微的，蜷缩的，松脆的

那么多碎片互不相识

当我路过山坡，当我成为河流

秋深草木沉

我在草地上，躺了很久

久到梦见自己是棵草

活着的草挺直身子绿得发亮

死掉的草学人躺倒，并慢慢发灰

灰而干脆的草茎像我这样散落于绿油油的草地

秋天里蔓延的死灰细微，如被撕碎的烟雾

秋天的风把无根枯草吹成圆球

滚进我用来做梦的嘴

我有时悬挂枝头，鲜艳而有毒如浆果

有时坠落，砸晕路人固执如坚果

幽灵的明彻

我躺在水边草坡上
头顶矮矮的树梢，望见了高高的树冠
远远近近的叶子，感谢风和夕阳
都变成了蔚蓝天幕上战栗着的金黄光斑
我想要抹掉这棵树
只留下高高低低的叶子奇迹般漂浮
接着我要抹掉自己，让画幅沉入黑暗
只有，在人都死光了的世界
悬空跳舞的叶子才能忽而苍绿忽而嫣红
闪耀只属于它们自己的光

冬 眠

可供回想的事越来越多
树枝上的枯叶却越来越少
归林的倦鸟越飞越慢
直至凭空消隐
而树枝间的鸟巢越陷越深
谁都不能把它收走
不，不是它，是它们
它们隔着光和风望见彼此
它们在赶路人的头顶沉默着
那是一种大而温柔的沉默
那是一种说不出口的忧惧和慈祥

祛 魅

山坡上铺陈着落叶

山坡上就要积满新雪

就要也许很漫长

长到可以想得明白

人的骨架很明白

树的枝条很明白

鸟的飞行和消失也很明白

雪掩埋了落叶

就像是无奈抚慰着溃败

雪是谁说的谎

接受现实，像山谷收容雪，巨大的雪其实很重，接受现实需要巨大的力气，改变虚构的力气，万事万物都是以此事此物为核心的世界的核心，事物与自身相距最远，虚构是一场流动的镜面，改变虚构，像山谷时而烟绿时而雪青。

戴猴子面具的宾客永远不会到来

他 乡

这里，叶子落尽时，松鼠也跌落枝头，
死在路边，被大雪掩埋，直到来年开春
都不肯离开，只剩一张皮，上面叮着
它长翅膀的小灵魂，那嗡嗡声谁都听不见。

这里，火车经过时，玻璃吱嘎作响，
高架桥下的杂货铺门窗紧闭，窗台上的
纸杯一头栽倒，吐出满腹烟头、瓶盖，
和曾经对生活所抱的妄念。都飞散了吧，

反正没人能看见！这座陌生的城市里，
我一点点醒来，陷入失败的人群。
这些人彼此践踏，独处时揪自己的头发，

不敢说出真话，更害怕偶尔闪现的希望、
得不到的微小幸福。可是，我什么都看不见，
也听不见，说不上憎恨，更不懂爱与宽容。

战败国

南方人把露台建在屋前

悬挂蝴蝶兰和长明灯

他们趴在水泥矮墙上喝酒

等待沿着山坡推进的阴影到来

天黑得越来越早

有人想要去后山采摘番石榴

发动机响起又陷入沉默

他们曾去过的港口海水已然冻结

折叠收起的帆并非都能再次抓住风

数数那些倾空的酒瓶

他们用野心换来了满腹铁锚叮当作响

邻人肖像

是谁在头顶上踱步？我看见玻璃珠沉向深处，
而羽毛在水面上翻身，那么焦躁，那么轻。

也许，我们曾经擦肩而过，楼梯拐角堆积着
卷边的黄页簿，空酒瓶，浸透雨渍和霉味的靴子。

必须是无懈可击的肖邦，琴声如诉，门铃沉默。
这一刻，阳光在遥远的地方，比方说：加德满都。

我看见都城陷落，王朝被遗忘，簌簌泥灰从天花板的
裂缝里落下。这是顶楼的房间，再往上就只有星空，

人怎么可能学会飞翔？倒不如清晨时一同离开，
戴上眼镜，披起不合身的风衣，用手背遮掩咳嗽。

Audubon

我去水族馆看乌龟和鳄鱼
乌龟游得很快，为了咬活鱼的眼睛
白化病鳄鱼趴在玻璃缸里，连眼睛都不眨

它们都长得很丑
只有丑而凶残的东西才能让我安静
虽然很多时候我都懒得说话
也不想理解自己为什么厌恶那些甜蜜的人

他们永远不可能长出乌龟或鳄鱼的硬甲
乌龟躲进礁石，鳄鱼看起来
光秃秃的，它们的悲伤迟缓得惊人

Charlotte

航站楼的登机口是这样一种存在
它们排列着，给人错觉
以为消失的一切都会作为补偿
头顶陌生地名重现

仿佛魔法师指尖的小磷光
牵引着青蛙、红顶雀和黑山羊
穿过鼓掌人的瞳仁去天堂

我们倾尽自己如同这杯中的灰
可消失的一切太稀薄
即便此刻，马来西亚正日出
谁又能遇见已经变得透明的死孩子
再教会她们就着海浪吞食锡纸？

苹果与虫

北极和南极都漂满了冰
但彼此之间隔着温带、热带和温带

某年，我在博物馆里看了北极探险展
又随着人群去隔壁看探索南极

我不喜欢拉雪橇的狗被一条条吃掉的故事
但这可能只是我填进空白记忆的幻想

我还记得相依为命的人彼此杀戮
为了被更多的人遗忘，当地球在星空里旋转
而北极和南极从不相遇

Lollipop & Jellyfish

逃难的人在溪流边洗他幼小的手指

逃难的人在河湾处洗他杂乱的胡须

用尽一生逃难的人来到海滩

冲向铅灰色的海与天空呼告

如果我归来，请接纳我如同水吞没尘垢

然而，水舔过手指扳动的铁

也舔过胡须间时隐时现的火

世间唯一的水尝过苦并发皱如同逃难人的脸

请你离开，把你的死从我的清洁上拿开

The Intimacies of Four Continents

雨天适宜做面包

为什么呢，我是只猴子我怎么知道

雷阵雨一层层地撕扯自己的耐心

天空时而很黑时而慌忙闪起光

总也不停总也不停的雨滴推搡着

绿得就要转红的阔叶林

就好像是我，把手揉进手正揉着的面团

为了不再抓到虚空里的刀

还有谁相信，把棕榈移植到寒带

就能够令死者看起来死于命运

而非威权所行使的愚蠢

如果离开这个夏天，猴子也是会冻死的

我审查着以错位为命运的游戏

和愚蠢所能滋生的威权

被困在烤箱和雨天之间的我

琢磨着杏仁的苦、肉桂的辣和眼泪的咸

当面包在烤箱里膨胀

而雨天的晚餐啊，在密林深处发霉

佩戴猴子面具的宾客永远都不会到达

政治神学

在他的辞典里，国王既非职位亦非职业。职位是在速朽世代之间传递的、据说接近永恒的物质，是血肉之上的血肉，梦魇深处的梦魇；职业则好比祭坛上陈列的礼器，形态各异各司其职，他想要喝烈酒就不必端起食盒，与鳄鱼肉搏时也不会披挂斗牛的红幡。受命编纂辞典的学究能够接受他的诡辩，却断然拒绝他的释义：国王是一种论头称量的珍稀生物，因为珍稀，世间最终只能容纳一头。

他的北方和西边有几头愚蠢的国王，有的热衷于畜养飞鸽向邻国散布自吹自擂的锦帛，有的学习河狸处处修建避难所，还有的耗费巨资购买猛犸象骨架用以填满沼泽，这些头国王们每三年汇聚一堂，以结盟之名互相试探，想要咬掉别人的头以此成为独一无二的怪兽。

他很珍惜自己的头所以望向东南，那里是海，他占有的王国之外的海是真正拥有他的家乡。

国王不是他的职位而是牢笼，也不是他想要的职业因为他早就建好了船队。他的祖先从海上逃亡而来占据了这方国土，几百年后，他梦想着回归海盗的生活而学究总能翻出祖训告诫他：波涛间有火焰成阵，黄金与白骨共销融。他们这样定义国王：庸常界的秩序、动荡世的安全和自相残杀的生物所共享的头。

159

山的那边

太阳照着的屁股开始恢复知觉，太阳照着的松林抖落了积雪回归墨绿，紧绷的山坡正在舒展筋骨，它就要咳出乌云般的蚂蚁，接着吐出洞穴里的棕熊，蚂蚁搬走去年的鸟粪和骸骨，棕熊翻检碎石寻找新苔，但此刻它们还在沉睡，它们梦见我撅着屁股穿过松林去山的那边，天气转暖，山的那边却阴沉峭冷永远都不会改变。

从那边来

穿过隧道，遇见棉花开放

那是压在铁丝栅栏上的植株

看着就像精疲力竭的人

抓住这世界突然变得明晰的疆界

本该双手流血（天已经黑了）

却莫名地柔软、洁白、对飞虫表现出意料外的宽容

螟蛉本就是意料外的名字

还以为它们的野心在于骑马逃离这幽禁地

（嘘，风止了哪儿都别去）

隧道不长却从不点灯

山的这边，不该平静的都已归于平静

启 航

我不恨自己，也不爱自己，我觉得别人都很美，像雨中湖面上，细密的涟漪，遥远是一块青色的矿石，我吃它为了远离很美的人类，我不想去别的星球，也早就离开了记忆中的世界，比如风滚草的晕眩，积雪在山坡上残留的弧线，我漂浮着忘却自己，继而忘却，被忘我的我所侵蚀的太空。

君今在罗网，何以有羽翼

他坐绿皮火车回到家乡

没有云的天空很蓝

空气里弥漫着米饭拌椰汁的香

他夹着镜子穿过闹市

所有买不起的果实，葡萄或阳桃

与他的心，都只隔着一层幻影的距离

他的心上挂满空瓶和无根花

他就要被剪走影子

不再等候穿洋红纱裙的姑娘

她们路过了毛茛还有苜蓿

她们被风卷起，继而得到了原谅

我觉得我已经烧光了像落山的太阳

自闭症

跳进泳池的人，抬高了水面

闯入我生活的人，扩张了我的忧愁

对，生活在忧愁中的我，躲在池水深处练习屏息

独 白

琴键敲准

对人所施加的伤害

就是我必须与之不懈搏斗的悲痛感

我所做的无外乎逃避

避害是生物本能

甚至比逃命更别无选择

你没见过会飞的大象

所以才不懂身缠缆绳的意义

越沉重的越是急于飘走

你不曾攀登过潮汐摧毁的山崖

退潮后，石缝里的鼠尾草

依然怒放着吊钟花

丧钟所能安抚的却早已发疯

日常生活

每月换牙刷的我

用塑料杯收藏旧牙刷

它们的握柄都还鲜艳

软毛却已变硬变乱

我生活得小心翼翼

去除对消耗品的消耗

还有回应礼节的彬彬有礼

极简是我能接受的极限

不喜欢留下痕迹

却更恐慌于流水汩汩

刷牙时的我不能望进镜面

据说虚实之间任何距离都会翻倍

这是否意味着

我总也追赶不上我的衰老

无 题

我是个大英雄

我还没变老

我爱好在空落落的房间里切萝卜

下雨天我的刀会独自走到很远的地方

它前世是条养在脚盆里的黄鳝

我偶尔去巷口看芭蕉开花、菩萨过路

她却嫌我面目凶恶

唉，我想我不该走得太近

更何必悲从中来

虎 落

也就一顿饭工夫
大雪清理了枝条上的雨
山上还活着的，都停下来
鹿群的剪影由黑变白

我吃完了面
出来看这个想要抹杀它自己的世界
唉，败给它才是天理
山涧潺潺
水底的石头埋着头

收拾收拾不再有余的心
剩点力气混个半饱
忽然觉得，雪下得真好啊
辗转又有什么用
就在这原地，把骨头洗干净
白旗是现成的，我降

玄 武

我坐在椅子上睡着

邻居的狗隔着墙在叫

天还没亮雨就开始飘

天还没亮草都串着冰

膝盖里的蚯蚓结了冻比你还硬

被揍成什么样你都能回来

牵着头不长眼睛的熊

我梦见被围猎的是自己

空有一身气力

空有白白耗尽的酸痛

空有在掌下绽放或讪笑的你

你呀你为什么越跑越慢

就像铁犁推进沉在土里的铁笼

第八宫

每次病倒都想学折纸

折后脑巨大的猴子

再把它送上扁平带篷的船

我吃药像雪崩的城隔着山峰变远

栈道旁还有暗道

沉入地心重炼的铅遇见不受拖累的烟

我招手时你正忙着为狗群领跑

它们看起来没我友善

这也许才是我们饱经折磨的深意

老人学会了耐心于是更有力量

死者最美因为他们被爱却从不睁眼

水的火车

阳光最耀眼时飞来的黑鸟又飞走了

天色怎样变黑眼睛不想知道

因为眼睛是必死之身的透气孔

对此，冬天的树也无话可说

树的伸展是场经年累月的爆炸

但最猛烈的总是更为静默

后来灯一盏盏亮起来

隔着玻璃贴在窗外的世界上就像是七彩蘑菇

后来雪珠一粒粒掉下来

他们说那是黑鸟在填海为死魂灵引路

The Burnout Society

我并没有对你厌倦，我只想和你，谈谈疲惫
更好的是，我们太累了，说不出话
只能躺在一起听彼此的呼吸
停顿不是特权者的装饰品，或失败者的遮羞布
我们从早到晚都在劳作或猎食
不能停下来，除非我们冒险深入的荒漠足够宽广
对，这里没有除我们之外的生命
你还好吗，我觉得我已经烧光了像落山的太阳

夜班车

夜班车去春风吹拂的峡谷
白梨、稠李和晚樱开满山坡
像海浪暗涌，又像飞沫舍身
还像身不由己的这些年
我庆幸这班车还在路上
空荡荡的车厢里没有人唱歌
灰蒙蒙的车窗偶尔被街灯照亮
我的手掌贴着我的脸颊
山路蜿蜒，白梨、稠李和晚樱
开啊开啊总也不凋谢
多么疲惫，又是多么的伤悲

醒时同交欢，醉后各分散

漆黑的电影院里，你来了，坐到我身旁，并没有带来什么好消息，或是坏消息，这些年的变迁从身后投射在银幕上，看啊，那些沿着河流奔跑的人，他们越跑越慢，怎么都抹不掉落在脸上的、蛛网般的树影，看啊，那些堆积在路上的螺丝、铁圈和睡觉的人，我也快要睡着了，我也没什么话可说，电影太漫长，看起来太累，我们静静地坐着就好，散场后各自离开就好。

空想社会主义

下雨天的美好，在于穿脏球鞋和破洞裤子，拉起连帽衫的帽子遮头，举着空白的标语牌奔跑继而摔倒。下雨天的狗，无论是否拴着绳都并不在唱歌，而是哭嚎。摩天轮上，陌生人趁车厢交错的瞬间交换密码，但失望，失望才是雨点的节奏。我们终于可以席地而坐，湿漉漉地争论革命的不可持续，债务的锁链如何打造灵魂，或是仅用呼吸就能向未来透支的止痛剂含量。

克己复礼

慢慢、慢慢地刷牙

在入睡前摆脱路上尘土

在醒来后割舍梦中苦味

慢慢、慢慢地刷牙

庆幸被倾吐的白沫来去自如

感谢浴室里被注视并回望的镜子

慢慢、慢慢地刷牙

水仍旧从龙头里流出

电仍旧在灯泡里闪亮

我还活着，在我的身体里保持坚硬

慢慢、慢慢地被洗刷

渡 河

我住在河的这边，我骑脚踏车过桥去那边
我住在很多河的这边，我骑脚踏车过很多桥去那边
有时候我忘了那边是哪边
下雪天我害怕过桥，我扛着脚踏车而不是骑着它过桥
我很害怕狗突然叫或是我突然哭起来
我不害怕河的那边，因为那边和这边好像并无区别
生在这边死了去那边，河总在流淌而桥总是很长

被神仙吹过的头发都变白了

我问悬在头发丝上的神仙
闪闪亮的气泡
还有午后阳光里蓝加黄调出的绿
为什么你们都不是人呢?

穿着绿袍子、哭出无数气泡的神仙
说:因为只有你会死,
而且会死得孤单
而且会把所有活着的时间都用来害怕
不管我怎样温柔地吹你的头发

天黑后世界清澈如冰窖，为肉眼所不能惊扰

赑屃

据说在世界之外

有一块非物质的模版

它总在下降却过于缓慢

我盯着雨点经计的空白看了很久

久到忘记自己

钟表可以拨快拨慢

答案总是出现在问题之前

我们所接受的

是负债换来的负累而非妄想

我不该妄想赤脚和光头哪样更容易着凉

我已全身湿透

用来疼痛的只剩骨头

来自世界之外的声音很重

可其实它，已轻得只剩声音

此地动归念

养在清水里的蚌

慢慢吐出含沙，它们就要去烤火

不带身外之物

生而有芽，死亦无涯

芥末种籽有时飘落身前

有时，在无人能见处枯萎

而那些曾滑行于冰封大地的

将保持新鲜

新鲜的核很黑

那是海中礁石撞碎了浮舟

夜空落入沙漠里的湖

巨大焦油在岩层下迁徙

命运所笼罩的

是鸟鸣忽远、忽近、忽然沉寂

圣像与偶像

会飞的玩具最为残忍

看着它们远去不该成为必修教育

所以风筝有线，气球干瘪

而天使不再向人类显现

可是，别弄错了方向

气力如覆水，那些已发生的

譬如野花、雨滴和闪电

都独一无二，明灭在命名之外

我们本不该悲哀

我们与无穷尽的可能和不可能擦肩

却只能看见被框架的，听见正消弱的

偶尔，梦见那不可触摸的

奥义书

我最好的朋友是树

它们看着很凶恶，却一动不动

这就是我对待世界的态度

如果天气正常

定期长出叶子还开花也无妨

结的果坚硬或甜美，都无所谓

要是觉得累，就脱光了站着

反正没其他姿势可选

当然，从我面前走过的人

这么多年来，也并没什么不同

我做人的时候并不羡慕树

梦见自己就是树

也依然懒得看见人

如果人世如常，我就要燃烧成火宅

火焰冷而安宁，如白刃的海

内 在

看花的唯一方式

不是忘记花的名字

而是忘记你在这世界可能占据的位置

从不可能的核心开放

直至时刻成为着可能的核心

落如花，流如水

闪现、闪现并拒绝蔓延如火焰

寒露有枝

等天气变暖

我就要去

山那边的朋友家喝酒

即便醉倒在归途也无所谓

谁都不会被冻成心碎硬糖

我如此耐心地等待天气变暖

操演着仓鼠的谨慎

因为命比蝴蝶轻薄

过不了多久

长满青草的山坡上

就要长满人的手脚

风吹手指和脚趾

风是比世界尽头，更遥远的物质

雪白天青

我睡着了，我又睡着了
我说什么都会睡着
却还是太轻易地醒来
像火车停靠在站台
火焰熄灭于焦炭
背光的人抿嘴痛哭
奔跑的鹿忽然回头，又回头
忽然忘记了身前就在身后

天人五衰

渐渐地，他不能支撑躯干的重量
于是躺倒，尽可能地延展身体与地面的接触
像山峦渐渐低矮并入海
被舍弃的四肢融化继而蒸发
空气里弥漫着血肉而非虚灵
所以会飞的食腐动物即便睡着也不必落地
空气因此温暖因此有花凭空开放并且都被他咬在嘴里
他咀嚼的既是零又是无垠，他接触地面的瞬间名叫天空

劫 波

还有什么能惊扰
早已吓破了胆的海胆
鸟兽散尽，我所见的山
正如你在世界背面低语的那样
很快就要被轻纱抹平

别再说了，什么都别说
虽然火里的荆棘只能活在火里
离群者总是错得更深
宴席最盛时，憧憧黑影肩扛空罐
又来收割愚昧的耳舌

慢些，再慢些才好
别再忤逆活物的生机
飘忽不定的风向才是风向
我们放弃彼此，放弃这世间的语言

旋火轮

世界的外面什么都没有

哪怕是风

风大的地方人只能沉默

这很好

就像深水卷走浅草

被我忘掉的你正经过一扇门

石头长出了皱纹

那愿意停留的

注定承担慢的悲哀

我想我们还是不要抬头

山川太小

星辰更微茫

我曾经遇见的你

还在犯过的错里发着光

什么都不会改变

从存在到消失，这世界自然而然

忆我往昔

我要把肚子填满
雪里的柴不能烧完
驼群沉向海底，水母般轻盈地跋涉
萤光尽头，耳鼓长成了珊瑚
连声音都被腐蚀的地方必须紧闭自己
挂枷锁则更妙

我越衰老就越肥硕
能被割舍的都是身外之物
对待自家影子权当践踏不忠
看，那些爱吵架的朝臣
他们穿苍白制服遮掩花剌剌的异心
好在我已目空一切
虚怀这世界温柔如肉球

无生老母

山里的雨像头发疯的狮子,膨胀的头颅取消了身躯四足,在雨中山路上奔跑,你注定陷入这头狮子的鬃毛而不能自拔,脚踝、腿肚和胯骨在雾气和水花间绷紧,曾经的容器都已摔碎,曾经的凝视由墨转白,山巅在云层之上连同积雪和晴空,而峡谷从骤雨的间隙里闪现,那是狮子的嘴吗还是你在呼喊越来越远的人世间。

相对论

黑脚羊在山坡上吃草

红眼雀在电线上列队

白云在天上飘浮

我若走近，受威胁的羊会跺脚

我若呼唤，被惊吓的雀便起飞

我若追逐，天上的云总是看似不动却离得更远

我正老去，耗尽气力的过程就是这般简单

这般简单而毫不费力

退化论

他们说你快跑啊

谁知道落在最后会遇到什么

天还没黑呢

我跑着跑着就累了

拖着步子没多远就开始狗爬了

边爬边喘气就渐渐睡着了

懒惰的人比石头更重

懒惰的人躺着不动被风吹化了

混着血肉的土堆被风吹散了只剩影子

从天而降的光被风吹灭了

影子终于不见了影子还记得它就是我

还有什么，比这漫长的消失更匆匆

进化论

厌倦了生而为人

我持续善行

是为了托生成世界尽头的海豹

想吃彩虹颜色的鱼群就闭着眼睛吞咽

想到水面礁石上睡觉

就敞着嘴让口水滋养青苔

如果厌倦了无所作为的海豹

我还能继续升华成水汽

拂晓的橙红阳光拂过苍绿的松涛

傍晚的玫红阳光傍着垂地的靛蓝云层

我是热与景致的透明通道

过滤了生命的意义

齐物论

山林不会说话
冰原不能做梦
海浪感觉不到痛苦
它们和我们都很累

说话消耗对他人的耐心
做梦蚕食世界之外的世界
痛苦提醒我们还活着并且无可奈何

山林萌芽又落叶
冰原反射漫长的白日
海浪推动沉船上的沉钟
它们和我们都很累

我们听不懂树叶作响
不能直视冰原上的光
拼命伸手，却抓不住海浪的形状

大宗师

这次是真的累了

翻不过山，于是在山顶停下

活过的这么多世里，难免曾托生为雪

做过浮藻与流萤

恒星死后的光

无话可说却还在呼喊的人

但只有雪，想停就停下

什么都不想，还是会被留下

高高的山上晃动着很大的光斑和更大的阴影

被留下的雪静静地融化

我是河流的源头

我正成为那终将离开的一切

云

活的人，能够维持自己的形状

活的水，却不能落入任何形状

上善若水，在人的对面，是一切悲哀之源

The Pantheism Debate

为了克服恐惧，我不再把生命看作巨大的空洞，空洞不可能被填满，而遮蔽同时又是彰显，缺乏妄想能力的我因此陷入绝望，渐渐地，体力的流逝提醒我自己正在成为漏洞，生命是打破完美的漏洞，这无底的漏洞通向无限，如果能将它举在眼前，可以看见死亡、虚无甚至光明，它们都只是流逝或回旋的过程而非终结。

月涌大江流

双臂合拢时，每个人所能抱紧的他人或自身

都不过是被时光流逝而不停歇

所打磨成人形的，悲哀而已

所以人之相爱，哪怕只是怜悯自己

都出于，因所得有限而渴求更多的贪婪

但还有高塔或松林般的死者，环绕着环绕悲哀的我们

而更遥远的月亮，虽有银丝万丈却愤怒着越来越亮

翻云覆雨

当我直视这世界,它就变得灰暗,我只能挪开身子,让未经遮挡的光擦亮湖泊、点燃蓓蕾、拉长奔跑中的动物的头颈,我想要去下面,大陆架和海平面撞击彼此的地方,坠落中,无数的我急于与无数的我告别继而消失,曾经有多轻的就能有多重,此刻的喧嚣翻转过去就是沉寂,我不与人交谈并只在想象中旅行,我总是尚未远离就已归来,回到这天地之间的徒有形迹。

清水浏日

暴雨如注的时候，如果竟然还有阳光，我们应该抬头向天，说些鼓励或感激的话，雨很努力，太阳也很尽职，水幕和光柱都透明而闪亮，就像是不相容却相爱的两个人，在遭遇彼此的瞬间毫无保留地争吵，我们没有资格同情太过巨大的事物，被裹在数十公顷的雨水里，追着光照滑行过刹那或永恒，奇迹本就如此寻常。

万涂竞萌

清晨山间的雾很白，不知该如何形容，我尝试着浓厚、鲜明、绮丽这些词语，可公交车早已拐过弯去，躺着旋转的地球坚持不懈地调整与太阳的夹角，我乘着车、乘着行星，或许还乘着比生生世世更为恒常的闪念，望见很白的雾涂抹远山，被晨光擦亮的雾变得更白，最白的雾并不存留于我的记忆，它捕捉并储藏我继而坚持不懈地将我推远。

Invisible Black Matter

去热带死的好处是，阳光亮得像白布，布飘在风里像太阳正在蜕皮，搭在肩上、缠在腰里、抓陌生人的头发并惊叹于猴子很瘦，猴子死在热带从树上掉进水里融化在珊瑚的嘴里，被抬走的人很轻很轻的骨头里都是洞，洞里很亮很亮全然没有影子。

不流连

向往潮湿炎热的地方，最好是海岛，有雨林，植物长得快也死得快，猴子脸色铁青屁股血红，瞭望台上不能点火，闪电和雨水拧成巨绳，这里就连腐烂都在加速，彼此抚摸要小心脸颊上的空洞，原来骨架和骨架可以学积木彼此嵌入，哗啦啦都碎了，空气本就是粉尘肥美若飞花不流连。

黑溪流动碎光

说起来，我从未见过仙人
却爱以井蛙之身，揣测闲云野鹤
她们必须忍耐的，想必与寂寞无关
却是吉祥的底色，或边界之外的黑
她们是蔓藤，偶尔青葱，偶尔夹杂裂帛的灰
她们微笑则有如树生繁花
但树已枯死，而花红有毒恰似幻影
我从未见过仙人，却知众生有情
入深渊者方得解脱，这可真无从说起

黄金国

和尚去沙漠，当然是为苦修，更出于爱美

沙丘起伏，本就如同洋流，日落时余温尚在

沙粒细腻与否，都能镇定从后颅到脚跟的寒意

若躺进沙里，死前所见的，是金黄海洋之上的血色夕阳

和夕阳消逝的瞬间，墨蓝天幕上的璀璨星群

所谓的美，怎会拘于掌心的镜面

天黑后世界清澈如冰窖，为肉眼所不能惊扰

图书在版编目（CIP）数据

安息吧动物：倪湛舸诗选 / 倪湛舸著 . —上海：
上海三联书店，2022.4
ISBN 978-7-5426-7398-5

Ⅰ. ①安… Ⅱ. ①倪… Ⅲ. ①诗集-中国-当代
Ⅳ. ① I227

中国版本图书馆 CIP 数据核字（2021）第 071728 号

安息吧动物：倪湛舸诗选

著　　者 / 倪湛舸
责任编辑 / 张静乔
特约编辑 / 简　雅　王文洁
装帧设计 / 小椿山
监　　制 / 姚　军
责任校对 / 王凌霄
出版发行 / 海三联书店
　　　　　（200030）中国上海市漕溪北路 331 号 A 座 6 楼
邮购电话 / 021-22895540
印　　刷 / 山东临沂新华印刷物流集团有限责任公司
版　　次 / 2022 年 4 月第 1 版
印　　次 / 2022 年 4 月第 1 次印刷
开　　本 / 1092mm × 860mm　1/32
字　　数 / 86 千字
印　　张 / 7
书　　号 / ISBN 978-7-5426-7398-5 / I · 1697
定　　价 / 52.00 元
敬启读者，如发现本书有印装质量问题，请与印刷厂联系 0539-2925659